# La Femme oiseau

Géraldine Fasnacht
En collaboration avec Florence Saugues

# La Femme oiseau

ARTHAUD

82, rue Saint-Lazare
CS 10124
75009 Paris
ISBN : 978-2-0813-5653-5

*À ma maman,*
*cette femme si forte et si exceptionnelle*
*qui m'a permis de tracer ma ligne sans limite.*

# Avant-propos

Dans ce livre, je vous invite à partager mon univers. À éprouver les vertiges de l'altitude, des reliefs et de paysages à couper le souffle. La montagne est en moi. J'y puise mon énergie vitale, j'y respire à pleins poumons. Mon cœur y bat à son juste tempo et j'y savoure la vie.

Peu importe si je grimpe ses falaises, si je *ride* ses pentes de poudreuse immaculée ou si je m'envole depuis l'un de ses sommets, il suffit que je sois là, tout près d'elle pour me sentir vivante.

Toucher l'inatteignable, imaginer l'impossible, vaincre les sommets a toujours fait partie de l'histoire de l'humanité. Le rêve d'Icare existe depuis la nuit des temps. L'être humain a toujours rêvé de voler de ses propres ailes. Le XX^e^ et le XXI^e^ siècle sont ceux des victoires de l'homme sur les pics alpins, sur l'Everest, des progrès de l'aviation, de l'exploration de l'espace et de la Lune… Le base jump est à la croisée de la conquête du ciel et de celle des sommets. Avec mon parachute et ma wingsuit, j'ouvre des sauts comme on ouvre des voies en escalade. Je me définis comme une « exploratrice » du XXIe siècle qui défriche sa discipline comme les pionniers de l'aviation et de l'alpinisme l'ont fait en leur temps. Sauter dans le vide est pour beaucoup un cauchemar. Un geste fou, irrémédiable et suicidaire qui fascine, questionne et effraie. Cette passion souvent réduite à des dingueries de trompe-la-mort (il y en a, je ne me voile pas la face) incarne ma communion avec la montagne. Je suis là, dans le moment présent, privilégiée car invitée à faire partie d'un tout, au milieu de ces éléments naturels.

Jouer à cache-cache avec la mort, provoquer le danger n'est pas ce qui m'anime, bien au contraire. Je veux savourer la vie jusqu'à sa substantifique moelle, me délecter de chaque instant, poussé à son apogée. Car je sais combien l'existence est précieuse et fragile. C'est pourquoi je calcule toujours les risques en préparant mes expéditions au plus proche de la perfection. Je ne laisse pas le hasard décider pour moi.

Il m'a fallu beaucoup de temps pour accepter de me livrer, d'évoquer les différents chapitres de ma vie, qu'ils soient intenses, joyeux ou éprouvants. Se raconter c'est se mettre à nu. Je ne souhaite pas que ce livre soit une simple biographie. J'aimerais partager avec vous les différentes aventures que j'ai vécues, les sensations qu'elles m'ont procurées et les enseignements que j'ai pu en retirer.

En évoquant les moments marquants de mon existence, j'aimerais vous amener à comprendre pourquoi j'ai emprunté des chemins escarpés et aériens. Certains événements sont époustouflants et jouissifs, d'autres dramatiques et douloureux, mais tous ont construit celle que je suis aujourd'hui.

Enfin, si à travers mon témoignage concernant la perte d'êtres qui me sont chers, je peux transmettre ma lueur d'espoir, celle de trouver au fond de soi la force de continuer, alors, ce livre serait le plus beau des cadeaux.

# 1

## La femme oiseau

Je plie consciencieusement l'extracteur de mon parachute dans mon harnais. Puis, j'enfile ma wingsuit blanc et rose, ma couleur porte-bonheur et celle de mes ongles vernis. Maintenant, je ne peux pas être confondue avec un garçon. Pour revêtir mon habit de femme ailée, je glisse d'abord le pied gauche dans ma combinaison, puis le droit. Ensuite, c'est au tour des bras, l'un après l'autre, lentement, sans un mot. Après avoir fermé consciencieusement la fermeture éclair jusque sous mon menton, j'ajuste mon parachute. Je serre bien ma barrette de poitrine. Des gestes simples, précis, méticuleux qui sont autant d'outils de précaution que de concentration. Ils calment mon esprit et apaisent les battements de mon cœur. Ma combinaison est comme une seconde peau. Profilée comme le corps des chauves-souris, elle solidarise mes quatre membres entre eux et me permet de voler comme un oiseau. Debout sur l'éperon rocheux, je contemple mes montagnes suisses, celles avec qui j'ai vécu tant d'aventures. Elles et moi sommes imprégnées de tous ces souvenirs communs. Nous ne faisons qu'une tant nos énergies sont connectées. Quand je m'approche du vide, plus rien n'existe que la montagne, le ciel et moi. Je me relie aux éléments.

En ajustant mon casque sur ma tête, je profite de la beauté de cet instant. Le lac Léman s'étend à 1 200 mètres en contrebas. Les vents thermiques remontent le long de la paroi et caressent mes cheveux blonds. Je ferme les yeux, je visualise tous les détails de mon envol, les reliefs que j'ai repérés en les ridant en snowboard, en marchant ou en les survolant en avion. Je transforme tous les obstacles en alliés. Je ne défie pas la nature, sa puissance nous réduit à notre humble condition humaine. Bien au contraire, je la respecte, je la célèbre. J'en fais une complice de chaque instant. Je suis riche de tous les sauts effectués auparavant, de toutes les sensations qu'ils ont inscrites dans mon corps et dans ma tête. Une dernière fois, je vérifie que je parviens bien à saisir la poignée de mon extracteur. J'écoute le silence. J'inspire. J'expire. J'ouvre les yeux. « Trois, deux, un… » Je pousse fort sur les pieds, j'écarte mes bras et mes jambes pour déployer mon aile. Je m'envole. Pendant trois secondes, je tombe, puis l'air s'engouffre dans ma combinaison. Elle se gonfle et me porte. Mon corps devient l'habitacle d'un avion sans carlingue. Je pique du nez jusqu'à entendre le sifflement du vent dans mes oreilles : je sais que j'épouse le bon angle de vol. En prenant de la vitesse, ma combinaison se rigidifie. Je me redresse, je ralentis et le bruit s'atténue. En tournant la tête, l'épaule ou un pied, je me dirige dans le ciel. Je vibre avec la nature. Je suis libre. Cette liberté, je l'ai gagnée à tire-d'aile, à force de travail et d'obstination. Je martèle aux débutants que seule l'expérience fait un bon sauteur. J'ai appris à piloter mon corps en m'inspirant des oiseaux. Et j'en ai fait ma vie !

J'ai conscience d'être une privilégiée. Née en Suisse, je suis l'une des rares femmes au monde à pouvoir vivre de sa passion pour la montagne en pratiquant des sports appelés extrêmes. Ma spécialité : ouvrir des sauts comme on ouvre des voies d'escalade en montagne, dans les Alpes, en Antarctique, au Groenland, en terre de Baffin, au Mali, en Iran, etc. Que je m'élance depuis la Jungfrau, le Cervin, l'aiguille du Midi, des Grandes Jorasses ou des Drus, chaque fois je frissonne de plaisir. C'est, pour moi, une forme d'extase ! Je suis comme une artiste pour laquelle la montagne serait sa page blanche. Sa toile immaculée m'inspire. J'y dessine ma ligne comme une œuvre d'art. Ma discipline est un sport risqué, bien sûr, mais pas plus que l'alpinisme ou le free-ride. La nature me fait moins peur que les hommes : elle, au moins, est prévisible lorsqu'on la connaît bien.

# 2

# L'enfance

Leszek Cichy et Krzysztof Wielicki, deux Polonais, ont gravi le premier 8 000 en hiver, le 17 février 1980. Et pas n'importe lequel, le plus haut du monde, l'Everest ! Le 16 février, les deux hommes atteignent le col sud où leur thermomètre affiche – 42 °C. Une folie selon certains. Un exploit pour les irréductibles dompteurs de sommets. Cichy et Wielicki ne sont pas les plus capés de leur équipe mais le vent et le froid ont épuisé ou découragé tous les autres. Eux sont obstinés et durs au mal. Ils persévèrent. Le lendemain, à 14 h 30, ils foulent le toit du monde et laissent leur thermomètre en guise de preuve. À leur retour au camp de base, Wielicki et Cichy sont érigés en héros. Y compris par le plus célèbre de leurs compatriotes, le pape Jean-Paul II. Pour Krzysztof Wielicki, c'est le premier record d'une carrière tracée à coups de piolet et qui le conduira à gravir les quatorze plus hauts sommets de la planète. Le 20 août de la même année, Reinhold Messner boucle lui aussi l'ascension de l'Everest, en plein été, certes, mais en solitaire et sans oxygène. Messner, Italien de langue allemande, est considéré comme l'un des meilleurs alpinistes du XXe siècle. Un pionnier de sa discipline, fervent adepte du style alpin, c'est-à-dire sans corde fixe ni oxygène. Il avait déjà réalisé la première ascension de l'Everest, encordé à Peter Habeler, deux ans plus tôt, en mai 1978. Messner entrera dans l'histoire en octobre 1986, date à laquelle il sera le premier montagnard à boucler l'ascension des quatorze sommets les plus hauts de la planète. L'homme n'est pas fait pour survivre au-delà des 6 000 mètres d'altitude selon les règles physiologiques établies. Reinhold Messner démontre le contraire, franchissant, pas à pas, les limites de l'être humain.

Entre ces deux transgressions du domaine du possible, le 18 juin 1980, je suis née à Lausanne, sur la rive nord du lac Léman. Dans une vallée entourée de reliefs, au pied du massif du Mont-Blanc, ce croissant montagneux qui s'étend de l'Italie à l'Autriche en passant par la France, Monaco, la Suisse, l'Allemagne, le Liechtenstein, la Slovénie. Cette chaîne de montagnes compte vingt-huit sommets de plus de 4 000 mètres d'altitude et quatre-vingt-dix glaciers. Je ne le sais pas encore, mais elle deviendra mon terrain de jeux privilégié.

Avec mes parents, Robert et Jacqueline, nous habitons à Crissier, une commune au-dessus de Lausanne. Peu de temps après ma naissance, ils se séparent sans heurt et sans haine. Nous partons vivre seules, maman et moi, dans une petite maison au cœur des vignes à Écublens, un village voisin de Crissier. Mère et fille inséparables et indissociables, nous tissons des liens profonds et solides. J'hérite d'elle ses cheveux blonds et ses yeux bleu azur, son opiniâtreté et sa foi en la vie.

Jeune cheffe d'entreprise, elle a créé une agence de voyages et une école de langues qu'elle mène de front. Par conséquent, elle travaille énormément. Alors que je suis bébé, elle me trimballe partout où elle va. Je dors dans un couffin, posé sous son bureau. Elle me donne le sein quand j'ai faim et me replace dans mon berceau de fortune une fois rassasiée. En grandissant, comme tout enfant qui découvre le monde, j'ai besoin de bouger, de m'occuper, de sortir. Jacqueline se résout à me trouver une maman de jour, celle que j'appelle encore aujourd'hui mamie Christine. Christine a publié une annonce proposant de garder des enfants. Elle habite le quartier où se situe l'école de ma mère. Leur premier contact téléphonique aurait dû se solder par un échec. Christine ne souhaite pas prendre de bébé. Une trop grande responsabilité, selon elle. C'était compter sans le pouvoir de persuasion de ma mère.

Il y a peu de temps, avec son accent suisse allemand qui a bercé mon enfance, mamie Christine m'a raconté leur conversation. « J'ai vraiment besoin de vous, plaide Jacqueline. Avec mon emploi du temps, je n'ai pas le choix. Vous êtes déjà maman de deux enfants. Je serais rassurée si vous vous occupiez de Géraldine. Laissez-moi, au moins, vous la présenter », la supplie-t-elle. Attendrie, Christine accepte. « Quand je t'ai vue..., m'a-t-elle avoué. Tu étais tellement jolie avec tes grands yeux bleus. Je n'ai pas pu résister. »

L'affaire est entendue et je suis littéralement adoptée. Pour Christine, je suis sa « petite chérie ». Jean-Jacques, son mari, me surnomme affectueusement Pouêt-Pouêt. J'ai des souvenirs fabuleux avec leurs deux enfants, Stéphane et Nathalie, que je considère comme des frère et sœur. Ils sont ma deuxième famille. Maman me dépose le matin et me récupère le soir, du lundi au vendredi. Il m'arrive de dormir chez eux quand elle a des obligations professionnelles en soirée.

Je suis une enfant vive. Mes parents ont voulu me mettre à l'école maternelle dès l'âge de 5 ans. Troquer le confort douillet du foyer de mamie Christine contre l'adversité de la collectivité, très peu pour moi. Dans ma classe, je suis assise à côté d'Astrid. Elle a de très beaux cheveux, longs jusqu'à la taille. On ne se supporte pas, mais les maîtresses s'entêtent à nous placer côte à côte. Un jour, elle me contrarie probablement plus que d'habitude. De rage, je saisis mon flacon de colle blanche et je le vide sur la tête. Scandale ! Dépitée, ma mère me retire illico du jardin d'enfants. Ravie de mon tour pendable, je retourne chez mamie Christine. Par mon geste un brin provocateur, j'avais signifié à Astrid que je ne la supportais pas et, d'une pierre deux coups, j'avais atteint mon objectif : rester chez mamie Christine plutôt que d'aller à la maternelle. Depuis toujours, je flaire l'autre de façon animale. Soit ça passe, soit ça casse. Je ne m'embarrasse pas de faux-semblants. Un enfant n'a pas de filtre. Il dit et fait ce qu'il ressent. En grandissant, l'éducation nous donne le vernis pour tolérer ceux qui nous rebutent. En vieillissant – j'ai aujourd'hui la quarantaine –, j'ai constaté que je ne passais pas assez de temps avec les gens que j'aimais. Alors pourquoi me forcer à être avec ceux que je n'aime pas ! Je ne m'encombre plus des convenances si elles m'apportent des désagréments. Je préfère dire aux gens que nous ne partageons pas les mêmes valeurs et qu'il vaut mieux passer son chemin et éviter de se fréquenter.

À 7 ans, je n'ai plus le choix. L'école est obligatoire. À contrecœur, je quitte le giron de mamie Christine. Comme ma mère travaille toujours autant, elle décide d'accueillir une jeune fille au pair. En 1984, elle trouve à Poliez-le-Grand une vieille ferme du XVIII^e siècle, qui vient d'être fraîchement rénovée par un de ses amis.

La maison est une immense grange, ouverte sur trois niveaux, avec la charpente apparente. Acrobate, je saute du troisième étage au deuxième. J'atterris sur le lit de ma jeune fille au pair dont je casse les lattes du sommier à plusieurs reprises. Du troisième au premier, je descends en rappel ou en pendule, en me balançant d'un point à un autre, grâce à des cordes que j'attache aux poutres centrales. Les cascades et les défis physiques m'attirent déjà. L'envie de voler aussi ! Je rêve de devenir pompier ou pilote d'avion ! Nous avons un vaste jardin et plein d'animaux, chiens, lapins, cochons d'Inde, tortues, un perroquet et même un cheval. Une arche de Noé en même temps qu'un vrai paradis pour l'enfant curieuse et hyperactive que je suis. Je ne me souviens plus quand ma mère renonce à accueillir une jeune fille au pair mais, dès cet instant, ma vie d'aventurière commence !

Maman m'a toujours accordé sa confiance quel que soit mon âge, quels que soient mes choix. Confiance en mon autonomie, en mon jugement, en mon sens des responsabilités. C'est une chance et une vraie preuve d'amour ! J'espère être une aussi bonne mère pour mon fils, Odin. Je suis livrée à moi-même très jeune et ma personnalité s'épanouit librement, avec pour fondement essentiel l'estime de soi. Ma mère a foi en moi. Je le vois dans ses yeux. Ils me disent silencieusement : « Tu es capable de tout entreprendre. Je crois en toi ! » C'est précieux pour se construire.

Signe de mon indépendance : je porte la clé de notre maison attachée à un cordon autour du cou. Je me rends à l'école le matin et comme il n'y a pas de cantine au village, je rentre à midi me cuisiner un plat de spaghettis bolognaise puis je retourne en cours. À 16 heures, je dépose mon cartable chez nous et comme maman rentre tard, je ressors rejoindre ma bande de copains. L'église du village nous tient lieu de quartier général. Comme elle est déserte la majeure partie de la semaine, nous la squattons pour nos bavardages. Nous manigançons différents défis campagnards, nos sorties à VTT, en skateboard, etc. Nous construisons des cabanes sur plusieurs étages dans la forêt, courons dans les champs… César, Didier, Hervé, Damien, les deux David, Nathalie et moi : une sacrée équipe ! Deux filles pour six garçons. Même si j'aime porter les robes à la Mary Poppins que ma mère m'offre de temps en temps, avec le groupe, je m'habille comme eux : short, salopette, gros pull, baskets, plus adaptés pour traîner mes guêtres dans les granges à foin, les cours de fermes ou les sentiers forestiers. Toujours dehors, toujours à fond, je ne m'ennuie jamais. Je construis mon équilibre, connectée aux éléments, à la flore, à la faune, mais aussi au rythme des saisons. Loin du bruit et de la fureur de la ville, la nature me rassure ; j'y suis chez moi, alors que le milieu urbain m'angoisse, il m'est hostile. C'est encore plus vrai aujourd'hui.

Nos jeux sont ceux de la campagne. Simples, formateurs et utiles. On file un coup de main aux voisins pour ramasser les patates. On s'occupe des bêtes. Il m'arrive de traire les vaches des parents de mes copains d'école, puis d'aller à la laiterie. Je me mets sous les tétines de l'animal pour boire directement le doux nectar avant d'acheter le litre que ma maman a commandé. Le village est notre cour de récréation. On se lance des défis : « Cap ou pas cap ? » Cap de monter au sommet de la fosse à purin et de respirer cinq minutes la puanteur sans sourciller ? Le perdant nettoie les box des chevaux du manège d'à côté. En ce qui me concerne, ce n'est pas une corvée mais un échange de bons procédés qui me permet de monter régulièrement. À cause de quelques soucis financiers, nous n'avions pas pu garder mon cheval. Me voyant tous les jours à pied d'œuvre, un propriétaire, que j'admirais car il montait magnifiquement, m'a interpellée. « Où est ton cheval ? » me demande-t-il. Je lui explique, les larmes aux yeux, que nous avons dû nous en séparer. « Est-ce que tu travailles au manège ? Car je te vois tous les jours nettoyer les box. » Je lui réponds que non : « je donne un coup de main en espérant avoir, de temps en temps, le droit de monter un cheval. » Il poursuit alors : « Tu sais que j'ai trois chevaux en pension ici ? » Non seulement je le sais mais ce sont aussi les plus beaux du manège. « Oui, il y a Jéricho, Watch Me et Aime », lui dis-je. « Je ne parviens pas à m'en occuper aussi souvent que je l'aimerais, ajoute le propriétaire. Serais-tu d'accord pour les monter régulièrement ? » Je crois tomber à la renverse de bonheur !

Avec ma mère, nous avons une relation fusionnelle mais non exclusive. Mon père a été marié une première fois avant de la rencontrer et il avait eu, de cette union, un garçon, Frédéric, que je côtoie régulièrement dans les réunions familiales. Après la séparation de mes parents, mon père rencontre une nouvelle compagne, Florence, avec qui il a trois autres enfants, Lucy, Lisa et Alex. En 1989, maman se met en couple avec Lucien, mon beau-père. Ensemble, ils ont Grégory. En tout, j'ai cinq demi-frères et demi-sœurs, Frédéric, Grégory, Lucy, Lisa, Alex. Entre nous, nous préférons nous appeler frères et sœurs. Il n'y a pas de demi qui tienne… Personne ne fait de différence dans ce joyeux micmac de famille recomposée. C'est assez génial ! Mon père règne en *paterfamilias*. Florence est devenue l'une des meilleures amies de maman. Et Lucien, qui entre dans cette smala des années plus tard, joue dans la même équipe de football que mon père. C'est même lui qui a présenté Lucien à ma mère : il était sûr qu'ils étaient faits l'un pour l'autre... Il ne s'est pas trompé. Lucien et maman comptabilisent plus de trente ans de mariage. Tous ont l'intelligence de préserver des liens forts dans l'intérêt de chacun. Nous partons en vacances ensemble, mon père et ma belle-mère, ma mère et mon beau-père et toute la fratrie.

Frédéric adore maman. À l'adolescence, il vit une relation conflictuelle avec la sienne. À tel point que le jour de ses 14 ans, il fugue, enfourche son vélomoteur et débarque à la maison. Il veut vivre avec nous. Il a su plaider sa cause car nous l'accueillons avec le blanc-seing du reste de la famille. J'ai 8 ans et je suis ravie de récupérer un grand frère et un compagnon de jeu.

Quant à l'arrivée de Lucien parmi nous, Robert a tout orchestré. Mon père aime tout contrôler et veille aux besoins de tous ses enfants. Deux ans après l'arrivée de Frédéric, notre vieille voiture finit par lâcher. Comme nous sommes à court d'argent avec ma mère, mon père, qui ne mégote pas sur la sécurité, prend le dossier en main. Près de chez lui, il a repéré un véhicule et négocié son prix en amont avec le vendeur. Il appelle alors ma mère et lui dit : « Va à Crissier chez le concessionnaire. Je vous ai trouvé un minibus. Demande Lucien ! Il est au courant. » Un minibus… dans son esprit, il fallait bien ça pour tous nous trimbaler, Frédéric, maman, la jeune fille au pair et moi, mais aussi le chien, les valises et le matériel de sport.

Affable, le fameux Lucien nous vante les qualités du van. Nous tordons tous le nez, y compris ma mère. Nous le trouvons moche. Maman repère un 4 × 4, huit places, un Nissan Patrol. Elle se tourne vers le vendeur et désigne la merveille avec son plus beau sourire. « Ce n'est pas le même budget, répond Lucien, qui est déjà sous le charme. Ne vous inquiétez pas, je vais appeler Robert. » Affaire conclue ! En revenant à la maison, au volant de sa Nissan, ma mère nous sonde : « Vous l'avez trouvé comment, le vendeur ? » Fred répond : « Sympa » et moi : « Ringard ! » Frédéric et moi avons remarqué leur jeu de séduction. Ça amuse Frédéric. Pas moi ! Non pas que je refuse de partager ma mère, mais je n'ai pas envie d'un homme dans notre intimité, d'une autorité masculine pour contrecarrer ma vie rêvée de petite fille. Maman nous laisse une grande latitude à Frédéric et à moi, pour ne pas dire une totale liberté. Peine perdue. En s'installant avec nous, Lucien nous fixe un cadre dont je ne cesse de vouloir repousser les limites. Quand il me gronde, je laisse passer l'orage. Une petite voix à l'intérieur me dit : « Cause toujours… je n'en ferai qu'à ma tête ! » Intelligent et sensible, il a su m'apprivoiser. Lucien et maman finissent par se marier et donnent naissance à mon frère, Grégory. Frédéric retourne vivre chez sa mère. Moi, j'apprends à aimer ce second papa qui sait mettre de la rondeur là où il faut.

Mon père est un homme âpre. Économe en paroles comme en gestes d'amour. Il a vécu une enfance difficile. Maltraité, il s'est enfui de chez mes grands-parents et s'est émancipé très jeune. Recueilli par une famille de paysans, il travaille très tôt et très dur pour gagner de quoi payer sa nourriture et son logement. Arc-bouté sur l'autorité, la rigueur et le travail, il ne souffre aucune protestation. Nous devons nous taire et obéir. Sans aucun diplôme, il a créé sa propre entreprise en important les premiers téléviseurs en couleurs en Suisse. Comme il n'a pas d'apports pour monter son business, il achète quelques postes, fait du porte-à-porte et propose aux gens de leur prêter un poste de télévision pendant une semaine. L'essayer c'est l'adopter. Après huit jours, généralement, le chaland signe un contrat de vente. De fil en aiguille, il ouvre un magasin puis continue à prospérer. C'est un exemple de réussite.

Il me répète sans cesse : « Dans la vie, pour obtenir ce dont tu rêves, il n'y a pas de secret : il faut bosser ! » Y compris à la maison ! Avec Fred, nous redoutons de lui rendre visite. On y va à reculons même s'il s'agit d'y passer une seule soirée. Le programme est établi d'avance. Traditionnellement, on doit arriver chez lui vers 18 heures. La maison possède une énorme soupente où il entrepose le bois de cheminée. Souvent, le stock est vide, les bûches éparses dans le jardin, comme si elles nous attendaient : « Rangez-moi le tas de bois », nous ordonne-t-il. On s'exécute sans moufter. Puis, il faut mettre le couvert pour la famille et les invités. Convivial, mon père a très régulièrement une vingtaine de personnes à sa table. À la fin du dîner, il prétend systématiquement que le lave-vaisselle est en panne même si ce n'est pas vrai. Par conséquent : corvée de vaisselle pendant que les invités conversent. Puis arrive déjà l'heure de rentrer chez nous. Avec le recul, son éducation, qui peut paraître archaïque à certains, m'a transmis les valeurs du travail et du respect. Rien n'est acquis dans la vie même au sein de sa famille.

Pour gagner mon argent de poche, le mercredi et le samedi, je nettoie ses voitures. Il en possède quelques-unes, de collection, très belles. Il me paye 7 francs suisses de l'heure. À l'adolescence, je parviens à épargner jusqu'au dernier franc pour m'acheter mon premier vélomoteur. À l'approche de ma majorité, pour m'offrir ma première voiture, même motif, même combat. Il a dans son garage une Coccinelle Volkswagen cabriolet, le véhicule de mes rêves. Il a promis de me la revendre quand j'aurai économisé la somme qu'il a lui-même déterminée. Le jour où je lui apporte enfin le montant fixé, il m'annonce qu'il a vendu *ma* voiture à quelqu'un d'autre car il a pu en tirer un meilleur prix. « Tu sauras qu'il n'y a pas de famille qui tienne en matière de business », me fournit-il comme explication. Je suis en pleurs. Lucien me console. Il sait mettre du baume sur la dureté paternelle. « Ta Coccinelle n'aurait pas monté les routes enneigées pour te rendre à Verbier en hiver le week-end. Viens avec moi au salon de l'occasion. On va te trouver un véhicule adapté. » Je sèche mes larmes et nous dénicherons un petit 4 × 4 Mitsubishi Colt. Avec lui, je roule et me gare n'importe où. Je peux même dormir dedans. Lucien avait raison : il est bien plus approprié que ma Coccinelle cabriolet. Je n'aurais jamais pu faire rentrer mon snowboard et mon matériel de montagne dans son coffre.

Le sport et l'activité sportive font partie de mon éducation. Ma mère pratique la course à pied, la planche à voile et le ski. Mon père joue au tennis. Il rêve que je devienne la Roger Federer au féminin. Je me débrouille bien et j'apprécie le jeu en lui-même mais je ne vibre pas. Il m'a engagé un coach particulier. Trois jours par semaine, je sors de l'école et je vais m'entraîner. La plupart des séances, il se tient au bord du court et me hurle ses commentaires sans tenir compte de la présence du coach et de sa légitimité. Le week-end, il me donne des leçons supplémentaires s'il juge que je n'ai pas assez progressé durant la semaine. En vacances, j'ai le droit à des sessions de 8 heures à midi, puis de 14 heures à 16 heures. Et pour terminer, course à pied le soir avant de dîner. Je termine la journée livide et exténuée. Je ne m'autorise ni à me plaindre ni à le contredire. Il n'aurait pas compris. Jusqu'au jour où mon corps a crié « stop ! ». À cause de la surcharge d'entraînement, j'ai mal au bras continuellement. Au cours d'un match, je lâche ma raquette de douleur. Je n'arrive plus à la tenir dans ma main. Et frapper la balle avec, je n'en parle même pas. C'est un supplice. « Arrête de faire ta capricieuse. Ramasse ta raquette et retourne jouer », me crie-t-il depuis les tribunes. Mon entraîneur, un peu gêné, examine mon coude et conseille au paternel de consulter un médecin. Le diagnostic tombe. Le verdict aussi. Tennis elbow, six mois d'interdiction absolue de jouer. En moi-même, je pousse un cri de délivrance : « Yeeesss ! » Mon père est dépité et moi soulagée. Je n'ai jamais repris l'entraînement, à son grand désespoir. Si j'avais vraiment attrapé le virus du tennis, j'aurais peut-être pu évoluer à un haut niveau. Courir dans un rectangle après une balle… je me sens comme à l'étroit. J'aspire à fouler de plus grands espaces, à taquiner les cimes, à dessiner ma trace dans la poudreuse. Car je grandis dans un pays de montagnes où les sports d'hiver sont rois.

Grâce à des parents fous de ski, je marche à peine qu'ils m'apprennent à glisser. Mon père possède un appartement à Verbier, la station alpine réputée du canton du Valais. Durant mes jeunes années, je skie énormément avec maman. Elle adore ça. En 1988, la pratique du snowboard prend son essor. Quelques intrépides se piquent de cette passion. Maman veut essayer et souhaite que je l'accompagne. J'ai 8 ans. À l'époque, les cours n'existent pas encore. Elle loue deux planches et nous partons tenter l'aventure. Nous commettons l'erreur de commencer sur le chemin qui descend des Ruinettes jusqu'à la station. Nous tombons en permanence. En fin de journée, j'ai des bleus partout. Ma mère aussi. Ce n'est vraiment pas une partie de plaisir. Je jette mon snowboard, écœurée. Il dévale la pente et je dois courir pour le rattraper. J'aurais pu arrêter les frais et ne jamais réitérer l'expérience. Par fierté ou par esprit de contradiction, dès le lendemain nous insistons, maman et moi. Heureusement ! Nous empruntons, cette fois, des pistes pentues mais pas trop, enneigées mais pas excessivement. Nous parvenons à rester debout sur la planche. Une première victoire. Puis, je capte la technique pour amorcer les virages. Et, là, je perçois cette sensation de glisse comme si je surfais sur une vague. C'est grisant ! Je n'ai plus jamais utilisé les skis et les bâtons sauf pour les camps de ski à l'école où le snowboard était malheureusement interdit. Fini les chaussures qui martyrisent les pieds. Les marques sortent, à la même période, des fixations spéciales pour pratiquer le snowboard avec des boots confortables. En ridant avec mon snowboard, j'éprouve un tel sentiment de liberté… Je comprends que le snowboard, dans son expression la plus pure, doit se pratiquer loin des sentiers battus. J'ai la chance de séjourner à Verbier tous les week-ends et toutes les vacances scolaires. Là où depuis le mont Fort nous avons une vue époustouflante sur la chaîne alpine, du Cervin jusqu'au Mont-Blanc. À Verbier se trouvent les itinéraires de freeride que nous envie le monde entier, dont le mont Gelé qui culmine à 3 023 mètres. C'est la pyramide parfaite sans piste balisée qui nous offre un terrain de jeu freeride sur toutes ses faces. Avec délectation, je me fonds dans ce paradis blanc et y découvre la saveur du hors-piste. Quelle fantastique sensation de dessiner des lignes dans la neige vierge, de faire gicler la poudreuse à chaque virage en suivant les courbes des montagnes.

# 3

# Le snowboard

*Critch, critch, critch.* Les rayons du soleil affleurent les sommets et donnent une teinte dorée aux flancs des montagnes. Le froid me pique le visage. J'avance vers la crête au son si particulier de mes pas dans la neige, un crissement comparable à un cheval qui mangerait des morceaux de sucre. Parvenue au sommet, je contemple la beauté du panorama. Ces éminences rocheuses, majestueuses et millénaires, réduisent l'être humain à sa modeste condition. Fragile et minuscule dans cette immensité. Soumis aux lois qui régissent l'univers. Communier, le temps d'une escapade en snowboard, avec ces paysages magistraux relève presque du divin. J'inspire. J'expire.

J'entre en connexion avec la montagne et me gorge de la puissance des éléments qui la composent. C'est comme si nous respirions à l'unisson. Puis, j'enfonce mon casque sur ma tête et ajuste mon masque sur mes yeux. Je chausse mon snowboard tout en admirant le paysage, puis je m'élance sur cette pente raide.

Mon corps épouse le relief. Dans un nuage de poudreuse, j'effectue un premier virage. Les cristaux de neige s'envolent. Ma main effleure la neige. J'enchaîne les virages avec des gestes fluides, je dessine des lignes dans la poudreuse comme une artiste, sur sa toile, des arabesques au fusain. Enfant, je n'ai pas encore les mots pour décrire ces sensations mais je n'ai qu'une obsession, les éprouver encore et encore.

À mes yeux, le vendredi est le plus beau jour de la semaine. Je trépigne d'impatience, appelle de mes vœux la fin des cours. Après l'école, je vais m'engouffrer dans la voiture de ma mère. Direction Verbier. Nous écoutons Genesis à fond tout au long de la route depuis Poliez-le-Grand. Je chante à tue-tête jusqu'à la station. Un rituel, sorte d'amuse-bouche du week-end tant attendu. Durant la semaine, je respire, je mange, je dors, je rêve snowboard. Après l'abandon du tennis puis du ski, il a pris toute la place dans ma tête, dans ma vie, dans mon cœur. L'école ne m'intéresse pas vraiment. Je ne suis pas mauvaise élève en soi. Je m'ennuie. En classe, je m'assois volontairement près de la fenêtre. Mon esprit vaque à ses occupations pendant que le professeur déroule sa leçon.

Je suis une contemplative. Je ne me lasse pas de scruter pendant des heures le vent pousser les nuages, la neige virevolter entre les arbres, le soleil illuminer les sommets immaculés, les feuilles changer de couleur. Dans ma tête, je me rejoue le film imaginaire de ma dernière sortie en freeride. Au sommet du couloir de poudreuse, je repère la meilleure ligne pour m'élancer dans la pente. À la descente, les sens en éveil, j'absorbe comme une éponge toutes les vibrations que la nature m'offre en cadeau. J'ai le sentiment d'être à ma juste place. Les yeux rivés sur les hauteurs, je pars loin, très loin… jusqu'à ce que l'instituteur me rappelle à l'ordre ! « Géraldine ? Tu es avec nous ? » Rester toute une journée assise sur un banc me paraît futile et inutile.

Quand les cours se terminent, vers 16 heures, je file à la maison, balance mon cartable dans l'entrée pour ressortir aussitôt. Quand ma mère rentre vers 19 heures, je n'ai ni révisé mes leçons ni entamé mes devoirs. Après le dîner, elle m'assoit de force à mon bureau. Je ne me couche pas avant d'avoir terminé mes exercices. Je me mets rarement au lit avant 22 heures. Ce n'est vivable ni pour elle ni pour moi. Après un conciliabule avec mon père, ma mère et lui trouvent l'astuce pour me rendre plus assidue. « Si tu ne fais pas tes devoirs, tu ne vas pas à Verbier le week-end prochain ! » Rien de tel pour me motiver. Dès lors, j'expédie mes leçons avant de rejoindre ma bande de potes de Poliez-le-Grand. Être première de la classe n'a jamais été un objectif. J'obtiens la moyenne nécessaire pour valider mon année et intégrer le niveau supérieur. En récompense, j'ai la permission de disparaître le week-end, avec mon nouveau cercle d'amis rencontrés à Verbier.

Maman a monté un petit business avec un copain : elle organise des séjours pour des clients britanniques férus de ski et de sports d'hiver. Elle les récupère à l'aéroport de Genève et les conduit en bus jusqu'à la station. Elle leur loue des chalets et gère la conciergerie, les déplacements, la location de matériel, etc. Un service de très haut standing apprécié par la clientèle anglo-saxonne. Grâce à cela, elle a les moyens de louer son propre appartement dans le village. Nous prenons ainsi une certaine indépendance vis-à-vis de mon père. Chaque foyer a un pied-à-terre pour accueillir son noyau familial. Néanmoins, les liens filiaux persistent. Solides et fréquents.

Mon père instaure une tradition. Tous les dimanches soir, nous dînons toute la famille réunie avant de redescendre dans la vallée. Il nous invite chez un de ses copains, propriétaire d'un bar-café-restaurant. Nous mangeons une fondue tous ensemble. C'est le réconfort avant la déprime. J'ai le cœur serré à l'idée de rejoindre la plaine et de reprendre l'école le lundi. Je laisse mes potes « d'en haut » pour retrouver ceux « d'en bas ». Avec ces derniers, j'ai écrit mes premiers carnets d'aventure. Désormais, mes passe-temps sur le plancher des vaches manquent de piment. Le monde de la vallée vire à l'insipide, celui des cimes m'attire comme un aimant.

Lucien et ma mère ont très vite voulu un enfant. Quand maman attendait Grégory, j'étais très excitée. D'abord à l'idée d'avoir un petit frère, ensuite par les perspectives que cette naissance m'ouvrait. Sa grossesse, puis la maternité, allaient éloigner maman des pistes… Occupée à veiller sur l'enfant à naître, elle ne pourrait plus partager nos virées enneigées. Lucien, lui, a toujours détesté la neige, le froid et le ski. Il préfère le soleil et la chaleur mais accepte les séjours à Verbier uniquement par amour pour ma mère. Avec le blanc-seing de la famille, j'ai l'autorisation de me débrouiller par moi-même. Levée aux aurores, je quitte l'appartement avant l'ouverture des pistes pour être dans les premières bennes des remontées mécaniques. Je rejoins les copains, enfants du village ou citadins de la vallée, venus comme moi profiter des sports de montagne en fin de semaine. Nous sommes toute une sacrée équipe à pratiquer le snowboard. Cette discipline, en plein essor, n'a pas bonne presse à l'époque.

Dans l'imagerie populaire, nous sommes considérés au mieux comme des rebelles, au pire comme des têtes brûlées. Dans les deux cas, nous sommes des perturbateurs, irrespectueux des nobles skieurs. La station de Verbier est l'une des seules en Suisse à laisser les snowboardeurs utiliser les téléskis du domaine skiable. Dans la majorité des autres stations nous ne pouvons pas emprunter les tire-fesses. Les responsables craignent qu'on les fasse dérailler : nos planches, par définition, ne peuvent pas se glisser dans les deux sillons parallèles tracés par des skis. Quand je ride dans ces stations, ce que je fais rarement, je dois marcher à pied le long de la piste à côté des remontées mécaniques avant de m'élancer dans la pente.

Grâce à un ami de ma mère, je goûte au hors-piste très jeune, bien avant mes 10 ans. Il travaille dans mon magasin préféré de la station, Ski Service, celui qui vend et loue du matériel de sports d'hiver. Excellent skieur, cet ami nous initie à évoluer dans la poudreuse. Maman se débrouille très bien. Et moi de mieux en mieux. Forte de cette expérience, dès mes 13 ans, je m'aventure, sans l'œil tutélaire des adultes, en dehors des pistes. Je n'y vais jamais seule. Je colle aux basques de Xavier Rosset, un natif de Verbier, et de sa bande de copains. Ils sont tous plus âgés que moi et me prennent de haut la première fois. Je suis prête à tout pour qu'ils m'acceptent parmi eux. « Tu as intérêt à suivre, m'a prévenue l'un d'entre eux, sinon, demain ce n'est pas la peine de revenir ! » Ils ne me font pas de cadeau ! Je m'accroche pour me hisser à leur niveau. Je n'ai aucune envie de rentrer le soir penaude et de pleurer toutes les larmes de mon corps dans mon oreiller durant la nuit, parce qu'ils ne m'autoriseraient pas à les suivre le jour suivant. À la fin de la journée, je suis épuisée mais comblée. Bizutage validé. J'intègre le groupe mais, tous les jours, je dois refaire mes preuves. Quelle chance ! Je progresse très vite. J'ai la réputation de rider « comme un garçon ». À l'époque, j'en retire une certaine fierté. Aujourd'hui, cela me fait rire. Pourquoi une femme performante doit-elle obligatoirement être l'égale d'un homme ? Longtemps, j'ai été la seule fille au milieu de cette tribu de mecs. Ils m'ont tirée vers le haut, non pas parce qu'ils étaient du sexe opposé mais parce qu'ils étaient plus âgés et plus aguerris. Et puis, un jour, au détour d'une piste, je croise Ruth.

Les amitiés adolescentes façonnent les âmes et forgent les destins. J'ai 13 ans. Elle en a 18. À mes yeux, elle incarne la providence et l'expérience, une grande sœur à qui je veux ressembler. Ma fougue de préadolescente la stimule. Elle voit en moi la gamine qu'elle a été. Nous devenons inséparables. Son nom de famille, Leisibach, signifie « petite rivière tranquille » en suisse allemand. Autant dire qu'elle porte bien son nom… Suisse allemande, passionnée de freeride, Ruth débarque à Verbier et s'y installe pour vivre pleinement sa passion. Elle parle avec un accent à couper au couteau et roule les « r ». Les francophones écorchent son prénom. Ils prononcent le son « u » au lieu du son « ou ». Ça l'agace fortement. Alors, pour se présenter, elle imagine une phrase magique : « Je m'appelle Ruth, comme autoroute ! » J'en pleure de rire. Ruth est une extraordinaire freerideuse. Elle a la montagne dans le sang. Nous parlons le même langage. Nous commençons par sillonner tous les parcours freeride sécurisés en parallèle du domaine skiable de Verbier. Très vite, ces chemins balisés se révèlent bien trop étroits. Nous rêvons d'aventures plus grandioses.

En compagnie de Ruth, désormais, je transgresse les limites. Nous voulons tracer des voies non explorées, découvrir de nouveaux itinéraires, laisser notre trace dans la poudreuse.

Malgré notre jeunesse, nous préparons minutieusement nos virées. D'abord nous scrutons des heures la montagne. Quand nous repérons une face, nous imaginons la ligne que nous pourrions dessiner entre les rochers, les corniches de neige façonnées par le vent, les pentes raides… Nous avons une manière similaire de lire la montagne. Nous aimons les mêmes courbes, les mêmes types de sauts. Nous adorons être en montagne ensemble. Nous étudions très attentivement les cartes topographiques. Et nous nous documentons comme des pros pour rider les lignes de nos rêves sans danger. Dans quelles conditions météo et d'enneigement ? En combien de temps ? Pour cela, nous squattons la cabane des pisteurs. Nous leur montrons sur la carte les pentes que nous voulons descendre et les chemins par lesquels nous envisageons d'y accéder. Ravis d'avoir un auditoire passionné, ils nous précisent bien volontiers les temps estimés des marches d'approche. Ils nous indiquent comment pratiquer selon les conditions météorologiques et l'état de la montagne. Ils nous alertent sur les mesures de sécurité et nous interdisent de nous aventurer sans le matériel adéquat. Bonnes élèves, nous nous équipons et nous suivons des stages de sécurité avalanche. Physiquement, nous nous entraînons comme des athlètes pour acquérir la technique et l'endurance nécessaires.

Puis, nous sautons le pas pour rider des lignes inédites. Malgré notre jeune âge, nous nous retrouvons sur des itinéraires que seuls des guides empruntent pour eux-mêmes, ou pour emmener des clients chevronnés. Les pisteurs s'amusent de nous voir débarquer auprès d'eux pour prendre une dernière fois la température et évaluer les risques. Ils se doutent que nous allons entamer des escapades de notre cru et nous prodiguent les derniers conseils. Nous sommes très douées pour imaginer de belles descentes. Un peu moins pour anticiper les retours vers Verbier une fois l'expédition terminée. Je me souviens d'une anecdote. Un week-end, nous avions descendu dans d'incroyables conditions une face de 1 000 mètres dans les 4 Vallées. Sourire aux lèvres et adrénaline aux tripes. Alors nous voilà en dessous de La Tzoumaz, toutes penaudes… Soit nous remontons à pied et nous en avons pour plus d'une heure de marche dans une poudreuse profonde avec nos snowboards sur le dos. Dans ce cas, nous arriverons à la nuit tombée et je devrai fournir une explication à mes parents et révéler notre secret. Or il est hors de question de leur dévoiler la nature de nos escapades. Soit nous commandons un taxi, mais nous n'avons pas un sou. Un guide et sa cliente nous remarquent sur le bord de la route. « D'où sortez-vous ? » nous questionne le guide. « On vient de descendre le “Fou” », lui répond Ruth tout naturellement. Le Fou, c'est le nom de la voie qui culmine à 2 609 mètres d'altitude. « Comment avez-vous atterri là ? » poursuit-il, dubitatif. « On a longé l'arête à pied depuis Verbier, a poursuivi Ruth. On a fait la trace tout le long, avant de gravir le sommet. — Vous êtes descendues par la grande face raide ? » avance-t-il avec un ton de reproche. Nous comprenons à son ton qu'il envisage de nous laisser regagner la station à pied en guise de pénitence. Mi-admirative, mi-intriguée, sa cliente coupe court à la conversation : « Elles sont trop chou, ces deux gamines. On les embarque dans notre taxi jusqu'aux remontées mécaniques », ajoute-t-elle. Nous sommes sauvées !

Comme cette fois-là, il nous arrive de grimper des heures durant, notre snowboard sur le dos, pour atteindre le sommet d'une belle face. Une vraie tannée pour certains. Un bonheur inouï pour Ruth et moi. Je suis en montagne, dans mon univers. Inconsciemment, je prépare mon corps d'adulte-en-devenir à fournir un effort long et intense, et mon esprit de future aventurière à décrypter des lignes et des sommets. Je développe mon instinct de survie comme un petit animal apprend de lui-même, confronté à son milieu naturel. J'entraîne, continuellement, et presque inconsciemment, tous mes sens à déchiffrer les éléments.

Toutes mes jeunes années, je passe la totalité de mes week-ends et de mes vacances d'hiver à apprivoiser les couloirs du domaine skiable de Verbier et de ses alentours. Ce terrain de jeux m'a permis de devenir la femme que je suis. Plus tard, en choisissant d'habiter dans ce paradis, j'observerai ces massifs à longueur d'année. Je les chevaucherai l'hiver, les grimperai l'été. Ils se faufileront dans toutes les cellules de mon corps et dans tous les recoins de ma tête. Je les connais, aujourd'hui, aussi bien que des amis d'enfance avec qui j'aurais grandi.

Maman se doute que je ride en hors-piste avec les copains. Je me garde bien de lui préciser que c'est sur des pentes raides, après avoir grimpé des couloirs de neige et franchi des crêtes inaccessibles au commun des montagnards. Quant à mon papa, le freeride le tétanise. Il n'a jamais skié un mètre en dehors des pistes balisées par peur des avalanches. Cependant, autant ma mère que mon père m'ont transmis l'importance de pratiquer le ski puis le snowboard en conscience. Grâce à eux, j'ai les réflexes nécessaires : bien m'équiper, consulter la météo, vérifier l'état de la neige, partir avec des gens en qui j'ai confiance. J'applique leurs consignes. Ruth et moi ne sommes pas inconscientes. Beaucoup de nos amis suivent la formation de guide de haute montagne. Ils nous accompagnent régulièrement dans nos sorties. S'ils prennent le même itinéraire que nous avec des clients, ils nous proposent de les suivre. Je ne pars jamais le nez en l'air et la fleur au fusil en me disant ça passe ou ça casse ! Ni mon père ni ma mère n'ont jamais soupçonné le degré d'engagement de mes journées à la montagne. Ils l'ont découvert lorsque j'ai remporté mes premières compétitions de freeride.

Comme je l'ai évoqué, Verbier est avant-gardiste en matière de hors-piste. Très tôt, le village a ouvert des itinéraires freeride pour les skieurs comme pour les snowboardeurs. Cette station est devenue au fil du temps le paradis du freeride, mondialement prisé par les amoureux de la glisse hors des chemins damés. Étape finale du Freeride World Tour, elle couronne les champions du monde à chaque fin de saison. La première édition de cette compétition professionnelle a eu lieu le 24 mars 1996. Depuis, elle se déroule tous les ans à la fin du mois de mars ou au début du mois d'avril sur la face nord du Bec des Rosses, à 3 223 mètres. En 1996, j'ai 15 ans et je rêve d'y participer avec les meilleurs snowboardeurs du monde.

Les murs de ma chambre sont tapissés de posters de snowboardeurs qui m'inspirent. Ceux qui participent à l'Xtreme de Verbier mais aussi au King of the Hill en Alaska, autre Graal des adeptes du freeride. Maman est abonnée au magazine *Géo*. Quand il contient un sujet sur la montagne, je découpe les pages sur lesquelles figurent celles qui m'ensorcellent. Je compose des tableaux, des collages de photos de pentes raides, mélangées aux portraits de copains ayant réalisé l'exploit de les rider. Cinq d'entre eux ont grimpé le mont Rogneux sans moi. Au sommet, ils ont pris une photo qu'ils m'ont offerte en grand format. Je l'ai accrochée aux côtés de toutes mes autres compositions pseudo-artistiques. Depuis mon lit, je contemple ainsi un patchwork d'objectifs réels ou fantasmés sur lesquels je me projette secrètement. Baignant dans cet univers, sans le percevoir, je commence à me concocter une vie d'exploratrice. Sans la désigner sous ces termes, j'en dessine les contours. Elle illumine mes jours, peuple mes nuits et bâtit son nid, petit à petit, dans mon esprit. J'ai un poster du Cervin, des Drus, de l'Holtanna, du mont Rose…

Parallèlement, j'erre dans mes études. J'ai abandonné l'idée d'exercer le métier de pompier. Je m'accroche à celle de pilote d'avion. Nous n'avons pas les moyens de financer une école. Il y a bien une alternative : entrer dans l'armée de l'air. Je suis dans l'année de mes 16 ans et, par conséquent, déjà trop âgée selon le règlement. En Suisse, on ne déroge pas à la loi. Je tire un trait sur ma carrière de pilote. Le rêve d'Icare s'éloigne. Que faire de ma vie ? Je n'en sais trop rien !

Maman désespère de mon avenir professionnel. Fine psychologue, elle me convainc de suivre une formation en alternance. Un apprentissage de commerce, moitié en cours, moitié en entreprise. C'est ce qui convient le mieux à une réfractaire aux études telle que moi. Elle a repéré une petite annonce dans le journal. Swissair cherche six jeunes apprentis à l'aéroport de Genève. La formation dure trois ans et passe en revue tous les métiers exercés dans cette compagnie aérienne. Tous les quatre à six mois, l'étudiant change de poste et apprend un nouveau savoir-faire : la vente, la comptabilité, le fret, le ticketing, le service passagers, le litige bagages, l'enregistrement, l'embarquement, le magasin hors taxes, le service de presse, etc. *A priori*, aucun risque que je puisse me lasser. Au terme des trois ans, j'aurai en poche un diplôme, un certificat fédéral de capacité (CFC) en commerce, et, plusieurs cordes à mon arc. Surtout, je pourrai choisir un métier parmi ceux essayés. De plus, à la fin de l'apprentissage, si je décroche mon CFC, je partirai travailler dans une agence Swissair à l'étranger : six mois en Allemagne et six mois au Royaume-Uni pour approfondir la pratique des deux langues. Et je bénéficierai de réductions sur les vols durant toute ma formation. Je ne payerai que 10 % du prix des billets d'avion. Fabuleux ! C'est l'apprentissage de rêve ! Seul hic : je dois décrocher l'une des six places. Quand j'envoie ma lettre de motivation, j'apprends que nous sommes plus de deux cents prétendants. Swissair en a éliminé une centaine sur dossier. Je suis retenue pour passer les examens écrits de culture générale, de pratique de l'anglais et de l'allemand, ainsi que des tests psychologiques. Nous sommes une trentaine en lice, convoqués aux oraux. À la fin, il n'est resté que six finalistes, dont moi. J'éprouve une joie immense et un léger pincement au cœur. Le destin me rapproche des avions. Un aéroport est un magasin de jouets géants pour les férus d'aéronautique. Je n'aurai qu'à ouvrir les yeux et admirer. Au fond de moi, j'espère, à travers cette expérience, pouvoir un jour passer ma licence de pilote. Cependant, Poliez-le-Grand se situe à plus de deux heures de transport de Genève. C'est ingérable de faire des allers-retours tous les jours. Seule solution : quitter le nid familial et voler de mes propres ailes.

# 4

## Première épreuve

La plupart des médaillés olympiques témoignent d'une ambition précoce. « C'est un rêve de gosse qui se réalise ! » Depuis l'enfance, dans la tête de ces futurs dieux de l'Olympe, germe une graine de champion. Curieusement, en mon for intérieur, je n'ai jamais ressenti une telle aspiration. Jamais je n'ai envisagé une carrière de sportive de haut niveau. Je n'ai pas plus projeté de devenir snow-boardeuse que base jumpeuse professionnelle. Mon histoire relève d'un concours de circonstances heureuses et malheureuses. À la croisée des chemins, le lien qui m'accroche à la montagne, comme un alpiniste à son mousqueton, a toujours guidé mes choix.

Un maigre salaire d'apprentie interdit la folie des grandeurs. Pour me loger à Genève, seul le quartier de la Jonction, situé à la confluence du Rhône et de l'Arve, d'où son nom, est dans mes moyens.

Gangrené par le deal de marijuana et de cocaïne, il n'est pas des plus accueillants pour une adolescente de 16 ans. Cependant, j'y déniche un appartement. Mon père surveille sa fille comme le lait sur le feu. Il a calculé que je mettrais autant de temps dans les transports en commun à rejoindre l'aéroport de Genève depuis le quartier de la Jonction que depuis la gare de Lausanne près de laquelle l'un de ses amis possède l'hôtel Angleterre. Donnant sur les Alpes, et situé sur les berges du lac Léman, il n'est qu'à cinq minutes du centre-ville. Il y a une chambre de bonne disponible. Quelques mètres carrés, avec une plaque électrique que je me suis installée en guise de cuisine et surtout une vue imprenable sur le lac. Un vrai paradis ! Tous les matins, je suis la rive pour marcher jusqu'au métro, pour ensuite prendre le train qui sillonne les bordures du lac. Il y a pire pour commencer sa journée et sa vie de jeune demoiselle émancipée. Puis, je trouve enfin un petit studio dans mes moyens près de la gare. Je suis la première, dans mon groupe de copains, à vivre ma vie d'« adulescente » inversée. La plupart de mes amis ont choisi de grandes études et ont adopté une vie d'étudiant type : fêtes, dilettantisme, alcool et boîtes de nuit. Ils adorent me rendre visite. Je les mets régulièrement à la porte de chez moi pour éviter qu'ils s'éternisent, car, dans la semaine, eux suivent leurs cours ou pas. Et moi, j'embauche généralement tôt. Travailler à l'aéroport de Genève :

c'est du sérieux ! Quel que soit le service où je suis affectée, je ne m'autorise pas à faire de l'à-peu-près. Je mets un point d'honneur à remplir mes missions pleinement. Mes parents m'ont élevée dans ce sens. Et il en va de mon avenir. Sans sortir jusqu'au bout de la nuit, je suis une vraie marmotte au sommeil de plomb. Pour me réveiller, je programme la sonnerie de mon téléphone et l'allumage automatique de mon téléviseur. Malgré ces précautions et en dépit de toutes ces alarmes, je continue à dormir profondément très souvent, trop souvent, selon mon voisin du dessus. Ce dernier vient régulièrement tambouriner à ma porte, furieux. Sa nuit a été écourtée par mes alarmes. Il n'a aucun espoir de se rendormir sauf s'il parvient à me sortir du lit.

Le week-end, à Verbier, je ne m'accorde pas plus de relâche car je tiens à mon quota de sommeil. Je m'astreins à la même discipline. Pour être en forme et me lever aux aurores dans l'unique but de monter dans la première benne de 8 h 45. De plus, j'enchaîne les runs non-stop jusqu'à la fermeture des pistes avec mon inséparable alter ego, ma copine Ruth.

En mars 1996, Verbier et le Bec des Rosses s'apprêtent à devenir le terrain de glisse des meilleurs riders du monde. L'Xtreme de Verbier est né. Par freeride, qu'on pourrait traduire par « chevauchée libre », on entend l'art du snowboard à son état pur. Les athlètes n'évoluent pas dans un snow-park, c'est-à-dire un espace de jeu constitué de modules en neige ou d'obstacles artificiels pour sauter, glisser, effectuer des figures. En freeride, il n'y a pas de piquets, pas de rampe ni d'éléments fabriqués, le terrain est une face vierge. Les obstacles sont naturels. Ce sont des rochers, des couloirs, des corniches... Pour sa première édition, vingt snowboardeurs s'alignent au départ de l'Xtreme, les plus expérimentés et les plus talentueux de la planète. Tous les concurrents doivent se rendre à pied, snowboard sur le dos, au sommet du Bec des Rosses. Soit soixante minutes d'effort, pendant lesquelles les concurrents se concentrent et entrent en connexion avec la montagne. Ils montent par petits groupes, entourés de guides de haute montagne. Quand ils franchissent la porte de départ, seul repère matérialisé avec celle de l'arrivée, ils sont notés sur la ligne qu'ils dessinent dans la poudreuse. Pas de chronomètre : la vitesse n'entre pas en ligne de compte. Les juges estiment la difficulté de l'itinéraire choisi, le style, la fluidité et enfin la qualité et la maîtrise des figures et des sauts. Le Bec de Rosses, avec une pente à 55 degrés et 800 mètres de dénivelé, ne laisse pas de place à l'erreur. Les participants effectuent la ligne la plus esthétique à leurs yeux entre barres rocheuses et couloirs de neige fraîche. Je suis émerveillée. J'en ai des frissons. Depuis ce jour, je n'ai qu'une idée fixe :

pouvoir rider un jour le Bec des Rosses aux côtés des meilleurs. Ruth aussi. Les premiers vainqueurs sont deux Américains, Steve Klassen pour les hommes et Julie Zell pour les femmes.

La saison suivante, au cours de l'hiver 1996-1997, une de mes copines s'essaie à la compétition. Elle ne veut pas y aller seule. « Il y a une épreuve à Verbier, au snowpark, tu ne veux pas venir avec moi ? » me demande-t-elle. Je lui réponds du tac au tac : « Ah non ! la compétition, ce n'est pas mon truc ! Je préfère le freeride ! » Elle se met à rire. Piquée au vif, je m'inscris et me prépare. L'épreuve est sponsorisée par Red Bull, qui fournit aux concurrents les canettes à volonté. J'en bois cinq avant ma descente. Au moment du départ, je sens mon cœur bondir dans ma poitrine sans savoir si c'est dû à la boisson ou au stress. Je m'élance et ride comme si j'étais avec les copains. Entre nous, nous nous lançons en permanence des défis. Nous faisons preuve de beaucoup de créativité et inventons des figures qui deviendront des classiques par la suite. Nous exécutons des 3-6, des 360 degrés, soit un tour complet sur soi-même, des sauts droits avec des grabs, qui consistent à attraper son snowboard avec une main. Des 180, des demi-tours, ou encore des back flips ou front flips, sauts périlleux arrière ou avant. J'effectue ma descente agrémentée de quelques-uns de ces sauts et je gagne la compétition !

Un matin, je m'entraîne sur le glacier du mont Fort, un homme se met sur les arbalètes à côté de moi pour remonter la piste. « Tu fais de la compétition ? » me demande-t-il. Je lui réponds : « J'ai juste participé à une épreuve récemment. Pourquoi cela vous intéresse ? » Il poursuit : « Je m'appelle Sébastien Fahrni, je représente des jeunes marques de matériel de snowboard. Je cherche de nouveaux talents pour les mettre en lumière. Es-tu intéressée ? » Dans ma tête, je me dis : « Tu hallucines ! Pince-toi ! » Il s'explique : « La marque te paye les inscriptions, la nourriture et les déplacements. Elle te fournit aussi tout le matériel nécessaire. En échanges, tes prestations et tes résultats nous permettront de positionner notre marque sur le devant de la scène. » Je décide de lui faire confiance et lui tends la main : « Tope là ! »

Dès lors, je suis sur les routes tous les week-ends avec Sébastien qui me conduit aux compétitions de freestyle. À l'époque, je suis la seule fille à exécuter un saut périlleux avant. Un réel avantage. Je gagne toutes mes compétitions. Ruth et Xavier se sont eux aussi lancés dans la compétition freeride et derby. Nous nous alignons sur les mêmes événements, même si je suis plus jeune qu'eux. Seul Xavier détient le permis de conduire et possède une voiture. L'équipée que nous formons est épique. À l'époque, le GPS n'existe pas. Xavier est au volant. Ruth et moi jouons les copilotes, mais nous sommes de piètres navigatrices. Notre première grande sortie est prévue à Vals, un village dans l'est de la Suisse. Depuis Verbier, il y a 270 kilomètres et quatre heures de route… quand tout va bien. Dans la soirée, nous descendons dans la vallée jusqu'à Martigny. De là, en lisant la carte, nous indiquons à Xavier la route vers Sion pour emprunter le col, couper à travers la montagne et atteindre la vallée suivante où se trouve le village de Vals. Nous oublions que le col est fermé en hiver car il y a de la neige… La seule alternative : redescendre et récupérer l'autoroute pour contourner la chaîne de montagnes. Bilan : nous arrivons à 3 heures du matin à Vals pour participer à l'épreuve le matin même. Malgré le manque de repos, nous grimpons tous les trois sur le podium. Xavier remporte la course chez les garçons. Ruth et moi occupons les première et deuxième places chez les femmes. Tout en nous livrant une âpre concurrence, notre amitié se renforce. Nous nous réjouissons l'une pour l'autre. Nous nous passons le relais en haut du podium en quelque sorte. Nous sommes les plus heureuses du monde.

Je me souviens du derby de la Meije auquel nous avions participé, Xavier, Ruth et moi. Ce derby est une course de vitesse qui se déroule chaque année dans les vallons sauvages au-dessus de la commune de La Grave, dans les Hautes-Alpes, côté français, aux portes nord du parc national des Écrins. Il a lieu chaque année le premier vendredi d'avril et clôt la saison de ski. À cette occasion, le village de La Grave est envahi de toutes sortes d'adeptes de la glisse à skis, télémark, monoski, snowboard et autres objets glissants non identifiés. En individuel ou en équipe de trois membres dont au moins une représentante de la gent féminine. Un millier de participants, d'une trentaine de nationalités différentes, se retrouvent sur les pentes entre la ligne de départ, au col de la Lauze, à 3 512 mètres, et la ligne d'arrivée, 2 000 mètres plus bas en fonction de l'enneigement. Soit entre 6 et 9 kilomètres de tracé. La trajectoire est libre. La course se déroule par conséquent en hors-piste sur la majorité du parcours. Il faut juste être le plus rapide. Les meilleurs la bouclent en moins de sept minutes. Les moins pressés… en deux heures. Nous sommes montés sur le podium avec Ruth et Xavier !

Chez Swissair, lorsque j'effectue mon stage d'apprentie au service passagers, une de mes managers, Karine Van Veen, pratique le parachutisme avec son compagnon, Manu, à l'aéroclub d'Annemasse. Elle me propose de venir essayer mais ce n'est pas vraiment dans mes moyens. Je rêve depuis toujours de tenir le manche dans un cockpit, mais sauter dans le vide depuis un avion c'est une autre histoire. Aujourd'hui encore, après des années de pratique, c'est moins naturel, pour moi, que de m'élancer d'une falaise. La falaise appartient à la montagne, mon environnement de prédilection. Dans un avion, les parachutistes sont serrés les uns contre les autres. Comme je suis claustrophobe, je me sens à l'étroit. À l'ouverture de la porte, le vent relatif à plus de 120 kilomètres à l'heure qui s'engouffre dans l'habitacle et la vision du vide sidéral qui se déploie sous mes pieds me paralysent. J'appréhende ce vertige abyssal qui me saisit les tripes et aspire mon corps comme un aimant vers le sol. Malgré tout, la tentation surpasse mes peurs.

J'économise le prix du baptême, que je réalise avec Karine et Manu. J'ai à peine posé le pied au sol que je leur demande comment m'inscrire. Dès la semaine suivante, je commence ma licence. Nous sommes en 1998 : j'ai 18 ans. À l'époque, j'ai des horaires irréguliers. Une punition pour certains, une bénédiction pour moi. Soit je commence à 5 heures du matin et finis à 13 heures : je peux donc filer à Annemasse et sauter tout l'après-midi. Soit je travaille de 14 heures à minuit et je me rends alors à l'aérodrome pour toute la matinée avant de commencer ma journée. L'idéal !

Ma vie se partage entre deux passions : l'été, le parachutisme, et l'hiver, place au freeride. Au terme de la saison de sports d'hiver, lorsque je remise mon snowboard à contrecœur, je prends la direction de l'aéroport d'Annemasse et consacre tous mes week-ends et toutes mes vacances d'été à mon deuxième hobby. Pour financer mes sauts, je plie les parachutes des autres pratiquants en échange de quelques pièces. Quand j'atteins la somme nécessaire pour me payer mon propre saut, je cours m'équiper pour embarquer sur la prochaine rotation. Décollage, saut, atterrissage. Une fois au sol, je retourne au hangar proposer à nouveau mes services. Et ainsi de suite.

Au bout d'une dizaine de sauts je maîtrise les sorties d'avion : surtout ne pas regarder vers le bas, pour ne pas piquer du nez et tomber comme une pierre. Redresser le regard vers l'horizon et élargir le torse pour s'appuyer sur l'air. Trente sauts supplémentaires et je ne crains plus l'élément air, qui me terrifiait. J'accepte de me jeter dans ses bras, confiante. Quelques centaines encore et l'air devient mon allié, mon partenaire de jeu. Aujourd'hui, avec plus de quatre mille sauts à mon actif, je ne ressens plus aucune appréhension. Je joue avec cet élément et m'appuie sur l'air pour voler.

Mon premier instructeur de parachutisme s'appelle Titou Auvray. Il est le fils du créateur de la marque Parachute de France. Quand je le découvre la première fois en chute libre, c'est comme s'il dansait dans le ciel. C'est magique ! Je me dis toute de suite : « Je veux voler comme lui. » Prise à mon propre jeu et libérée du trac des débutants, auprès de lui, j'apprends les différentes disciplines du parachutisme. Titou m'enseigne tout ce qu'il sait en vol relatif, en « track », en vol sous voile. Il m'initie à toutes les techniques qui me donnent l'entière latitude pour évoluer dans les airs avec maîtrise et précision. Avec lui, je découvre le freefly : on évolue tête en bas ou debout à très haute vitesse tout en effectuant des figures. Nous faisons également des sauts « track », ces poursuites dans le ciel avec les copains. On se court après dans le ciel. Au-delà de la joie que ces jeux me procurent, j'apprends à manœuvrer mon corps dans l'espace avec aisance, à ouvrir mon parachute bien droit, dans l'axe. Je m'applique car dans ma tête je me prépare déjà à faire du base jump. Cette pratique consiste à sauter en parachute d'un point fixe : un pont, un immeuble, une antenne ou une falaise… Elle est bannie de tous les centres de parachutisme. Considérés comme des irresponsables inconscients, les base jumpeurs s'exercent en catimini, mais tout le monde se chuchote leurs noms et commente leurs exploits sur le tarmac. Je ne suis pas attirée par le shoot d'adrénaline que la discipline semble procurer. Je vois en elle la meilleure façon de redescendre de la montagne une fois le sommet atteint et de faire corps ensuite avec un élément incroyable comme l'air. Le base jump serait une autre manière d'assouvir ma passion pour cet univers sublime et vertigineux qu'est la montagne. L'hiver, j'adore grimper pour tracer des lignes dans la poudreuse avec mon snowboard. Chaque année, à l'arrivée du printemps, mon cœur se serre à l'idée de dire adieu, même momentanément, à mon paradis blanc, aux sensations de glisse et de liberté. Pour garder ma forme et mon fond physique, aux beaux jours, je randonne en montagne. J'avale du dénivelé à pied. Je pratique aussi l'escalade. Mais ce que je déteste, ce sont les retours longs à travers les chemins sinueux et accidentés vers la vallée. Et je crains surtout les descentes en rappel. À chacun ses phobies. Le base jump me paraît *la* solution rêvée pour m'épargner ce stress et surtout éprouver de la joie à la descente. Titou comprend très vite ce que j'ai en tête. C'est entendu entre nous mais nous n'en parlons pas.

Pendant quelques années, je connais le bonheur. Après mes trois ans d'apprentissage, en 1999, je valide mon CFC. Les lauréats peuvent partir six mois en Angleterre puis six mois en Allemagne prendre un poste dans l'une des agences Swissair pour parfaire leur pratique de l'anglais et de l'allemand. J'ai 19 ans et je préfère prendre une année sabbatique pour découvrir le monde. La grande sœur de maman vient de mourir et cela me fait comprendre ô combien il faut tout entreprendre pour réaliser ses rêves et ne pas remettre ses projets au lendemain. Je décide de partir un mois en Amérique latine pour rider la cordillère des Andes avec mon snowboard. Depuis Santiago du Chili, je vais à Termas de Chillan, à Portillo… puis en Argentine à Los Penitentes : j'écume toutes les stations de sports d'hiver du coin. En partant, je ne parle pas un mot d'espagnol. Quand je reviens en Suisse, je maîtrise assez bien la langue. Pour parfaire mon anglais, je jette mon dévolu sur une école en Australie avec laquelle maman collabore. J'y reste trois mois. À mon retour, je suis les cours d'allemand dispensés dans l'école de ma mère. J'ai aussi comme mission de veiller sur Grégory quand ma mère et mon beau-père travaillent.

Depuis mon départ de la maison familiale de Poliez-le-Grand, maman, Lucien et Grégory poursuivent le cours de leur vie… sans moi. Grégory grandit. Mon absence a provoqué un grand vide pour mon frère comme pour ma mère et mon beau-père. Ils envisagent depuis quelque temps d'adopter un enfant. Pas forcément un bébé, mais plutôt un garçon de l'âge de Grégory. Ces enfants-là ont moins de chance de trouver des couples adoptants. Une des amies de ma mère fait partie d'une association en Roumanie en contact avec des orphelinats où de nombreux enfants attendent des parents providentiels. Le temps d'obtenir l'agrément et les papiers nécessaires pour l'adoption, nous organisons un voyage sur place, prévu en septembre 2000.

Le 18 août 2000, le destin change le cours des choses. Grégory est renversé par une voiture qui roule trop vite sur une petite route de campagne à côté de chez nous. Il meurt sur le coup. Didier, son meilleur ami, qui l'accompagnait, évacué en hélicoptère par les services d'urgence, succombe à ses blessures à l'hôpital. Je suis la première à arriver sur les lieux du drame. Choquée, abasourdie, je veux croire qu'il s'agit d'un cauchemar. Je vais me réveiller et tout aura disparu. Rien de tout cela n'aura existé car c'est incompréhensible, irréel, inacceptable ! Je dois aussi affronter la souffrance de maman et celle de Lucien. Ils viennent de perdre un fils. Leur chagrin est incommensurable. Une douleur sourde, probablement plus pénible à endurer que si elle s'exprimait par des mots. Dans ma famille, on n'expose pas ses tourments. Je ne veux pas que Lucien et ma mère portent ma douleur en plus de la leur, alors je me tais et l'enfouis au plus profond de moi. Comme je ne vis plus à la maison depuis plusieurs années, cette distance me préserve, en partie. Maman et Lucien se recroquevillent sur leur supplice. Comment survivre à un tel drame ? Le jour de l'enterrement, je me souviens d'une phrase qu'une femme m'a glissée à l'oreille : « Tu comprendras un jour le sens de cette tragédie. Dans la vie, tout ce qui arrive, a une raison d'être. Un jour, tu transformeras ce drame en événement positif... » Elle n'avait pas choisi le bon jour pour philosopher. C'était d'une telle violence !

# 5

## À la croisée des chemins

Grégory était un enfant indigo. Dans les années 1990, les Américains Lee Carroll et Jan Tober, deux scientifiques New Age, ont écrit un best-seller : *Les Enfants indigo, enfants du III^e^ millénaire*. Dans cet ouvrage, ils exposent une théorie selon laquelle une nouvelle génération d'enfants, hypersensibles, intuitifs et spirituels, est arrivée sur terre pour aider l'humanité à s'élever. La couleur indigo est celle du chakra du troisième œil, ou sixième chakra. Situé entre les deux sourcils et relié aux deux hémisphères du cerveau, il régit à la fois le savoir, l'intelligence, la sagesse… mais aussi l'intuition, l'imagination et la clairvoyance. Il désigne communément un enfant hypersensible capable de comprendre le monde de façon précoce. Du haut de ses 8 ans, Grégory connaissait son destin. Après son décès, nous avons découvert son carnet de dessins. En le feuilletant, quelle ne fut pas notre stupéfaction ! Sur la dernière page, il avait représenté le lieu de l'accident. C'est ce que nous avons décodé. Tout y figurait. L'hélicoptère dans lequel Didier a été évacué. À côté, il y avait une ambulance. Celle dans laquelle le corps de Grégory a été emmené. Et le champ de maïs qui avait caché la vue de l'automobiliste. C'était très troublant. Grégory savait que sa présence sur terre serait furtive. Depuis son plus jeune âge, et, quand il a su parler, dès qu'il voyait une église, il s'exclamait : « C'est ma maison ! » Nous traduisions : il trouve les églises jolies et paisibles… Lorsqu'il voyait un arc-en-ciel, il prédisait calmement : « Je serai toujours sur l'arc-en-ciel ! » Nous prenions cela pour des mots d'enfant. En réalité, il nous préparait à sa disparition prématurée. La découverte de ce carnet fut un électrochoc : nous ne devions pas pleurer sa mort ni nous apitoyer sur notre sort mais transformer ce drame en lueur d'espoir. Il a été solaire dans sa courte vie. Grégory est une lumière à laquelle je me raccroche quand la noirceur du monde m'enveloppe. Je pense régulièrement à lui.

Lucien et ma mère n'ont pas souhaité annuler le voyage en Roumanie. Il n'était plus question d'adopter un garçon alors que nous venions de perdre Grégory. Cependant, visiter les orphelinats et rencontrer tous ces enfants qui n'ont jamais reçu d'amour a pansé nos plaies. Nous avons créé la Fondation Grégory et Didier qui a été notre thérapie. Collecter des vêtements, apporter du matériel, aider les filles-mères dans le besoin occupe l'esprit. Nous avons acheté une maison sur place pour accueillir des orphelins après leurs 18 ans pour leur apprendre à lire et à écrire ainsi qu'à maîtriser les rudiments d'un métier manuel.

À l'automne 2000, à notre retour de notre premier voyage en Roumaine, je suis totalement désorientée. Pour éviter de gamberger, je reprends très vite un boulot à l'aéroport de Genève, chez Swissair au service passagers.

Entre deux vols, je prends mon vélo et je circule sur le tarmac d'un avion à l'autre. Je suis la reine du monde ! Une gamine dans un magasin de jouets. Comme je m'ennuie à gérer les passagers, je demande à une cheffe de me confier ses codes d'accès. Grâce à cela, sur mes temps de pause, j'entre dans le système et j'examine les vols dont elle a la responsabilité. J'établis les plans de chargement en répartissant le poids des bagages, du fret, de la poste et du kerosène à mettre à bord… sous sa signature. Elle supervise. Ainsi, je m'exerce pour devenir contrôleuse de charge (*load controller* ou *red cap*).

Côté snowboard et freeride, mon palmarès s'étoffe. Après m'être distinguée lors de compétitions locales autour de Verbier, je collectionne les titres au niveau régional, national et international à Chandolin, Tignes,

Thyon 2000, Les Arcs, Thoune, etc. Ruth et moi, nous nous partageons toujours les deux premières places du podium. Ruth, invitée par le fondateur de l'Xtreme de Verbier Nicolas Hale-Woods va participer à l'épreuve de mars 2001. Comme nous sommes inséparables, je vais partager ses séances d'entraînement et côtoyer les héros qui figurent sur les posters accrochés aux murs de ma chambre. Je suis aux anges. Ruth remporte l'Xtreme pour sa première participation. Une bien belle façon de clore la saison !

Au printemps, je bascule du monde de la poudreuse vers l'univers aérien. En grimpant sur les hauteurs, j'entretiens ma forme physique acquise durant l'hiver et ma connexion avec la montagne. Surtout ne pas perdre mon endurance, mon explosivité, le renforcement musculaire de mes cuisses… Comme je déteste redescendre à pied, sauter en base jump est l'option idéale pour me retrouver en bas. Avant de m'élancer d'un point fixe, je dois acquérir de l'expérience. En 2001, j'ai plus de trois cents sauts de parachutisme à mon actif. Je me sens prête pour commencer le base jump.

Suivant la pratique, le vol est court et on se pose sur des zones étroites. Il est donc indispensable de connaître parfaitement son parachute pour avoir des ouvertures dans l'axe et atterrir avec précision. Les précurseurs de la discipline ont adapté des parachutes d'avion, tout d'abord ronds puis elliptiques, avant de développer des parachutes spécifiques. Toutes ces inventions naissent clandestinement, à l'abri des regards dans un garage ou un atelier au fond du jardin. La pratique, très confidentielle, n'est pas interdite mais mal vue. Personne n'en parle même si on devine qui saute secrètement.

Un rider de l'Xtreme de Verbier, Jérôme Ruby, après m'avoir invitée à sauter d'hélicoptère avec mon matériel d'avion me conseille d'aller voir Jean-Noël Itzstein qui fabrique notamment les harnais spécifiques au base jump. Il saute en base jump depuis le début des années 1990. Au fil du temps, il a affiné son matériel « fait maison » et crée, en 1996, AdrénalinBase, sa société de conception et de développement. En 1997, il effectue ses premiers vols en wingsuit. Bref, Jean-Noël est une référence. C'est à lui que j'achète mon premier parachute de base jump. Il y a encore très peu de pratiquants et il n'existe évidemment aucun cours.

Comme à l'ère des pionniers, la technique s'acquiert entre base jumpeurs quand on ne doit pas l'expérimenter par soi-même sans autre forme d'enseignement. Je demande à Jean-Noël qu'il me donne une leçon. En guise de mode d'emploi, il m'offre… une cassette VHS dans laquelle il dévoile pas à pas comment plier son parachute. Tout l'hiver, je décortique la vidéo et plie et déplie mon matériel. Au printemps suivant, je demande à un copain de Verbier, Christophe Ebener, qui commence lui aussi à sauter en base jump, mais surtout qui possède un parapente biplace, s'il peut me larguer depuis son engin volant. « Pas de problème », me dit-il. Nous allons aux Ruinettes. En décollant de cette station, située à 2 200 mètres d'altitude, cela m'offre un saut de plus de 1 000 mètres de verticale à l'aplomb du Châble. J'enfile mon parachute sur mon dos et le harnais du parapente pardessus. À terre, avant le vol, je visualise l'opération dans ma tête, je répète les gestes. On décolle. Au moment d'arriver à la verticale du Châble, Christophe me donne son *go* : « Tu peux te détacher et te mettre debout dans la nacelle. Mais si tu ne le sens pas, renonce et on aura fait une belle balade. » Si j'avais eu l'ombre d'un doute, j'aurais fait marche arrière. Confiante, je détache les boucles de mes sangles. Puis, je me mets debout dans la sellette. Je me tourne vers lui et lui crie, sûre de moi : « Non, je suis prête, j'y vais. » Je mime plusieurs fois le geste qui me permet d'atteindre avec ma main droite la poignée de l'extracteur. Je lui souris et je lui lance un « trois, deux, un, base ». Et hop ! Je chute quelques secondes et déclenche mon parachute très haut pour le tester en toute sécurité. Arrivée au sol, je n'ai qu'une idée en tête : recommencer mais cette fois d'un point fixe !

Quand on s'élance d'un avion, celui-ci avance à 120 kilomètres à l'heure, notre corps s'appuie tout de suite sur un coussin d'air. Tandis qu'en base jump, ce coussin d'air n'existe pas. On chute dans le vide pendant les trois premières secondes. Puis, on s'appuie sur le coussin d'air et ensuite, seulement, on peut se diriger. D'où l'importance de connaître parfaitement son corps et de savoir le piloter. Le moindre geste a un impact. Si on baisse trop une épaule, si on pique trop du nez, ou si notre tête part sur un côté, le parachute pourrait ne pas s'ouvrir dans l'axe. Or, lorsqu'on s'élance d'une falaise, il faut ouvrir dans l'axe pour éviter une orientation qui pourrait nous ramener vers la paroi et nous la faire heurter de plein fouet. Je dois m'entraîner à sauter d'un pont avant d'aborder la falaise. Depuis un pont, si jamais la position de mon corps n'est pas optimum pour que mon parachute s'ouvre bien droit, je ne prends aucun risque de « taper le mur ». J'ai déjà repéré un pont d'une hauteur de 105 mètres avec un énorme champ juste en dessous. Pas de paroi rocheuse, pas d'habitation ni d'arbre. Aucun risque de collision à l'horizon. Seul danger : me faire pincer par la police. Comme beaucoup de ponts urbains, celui-ci est une double voie d'autoroute sur laquelle il n'est pas vraiment légal de marcher…

Le jour dit, je me rends à l'aérodrome d'Yverdon, où se trouve mon nouveau centre de parachutisme depuis que l'avion de largage du club d'Annemasse s'est écrasé. C'est pourquoi je poursuivais ma formation à Yverdon. J'effectue plusieurs sauts en parachute pour m'échauffer. Mon matériel de base jump est caché dans ma voiture. Trop excitée par l'aventure… ou bien avisée, au choix, je mets Chris, un copain, dans la confidence. Chris et moi avons commencé le parachutisme ensemble. Lui aussi s'essaie au base jump. Je le sais. « Ce n'est pas raisonnable que tu y ailles toute seule, me répond-il. Je viens avec toi. » Comme deux cambrioleurs débutants, nous garons nos véhicules sous le pont. Nous marchons depuis la zone d'atterrissage jusqu'à l'entrée du pont. À l'abri des regards, derrière les barrières de sécurité, nous enfilons nos parachutes. Je n'en mène pas large. J'ai horreur de commettre des actes interdits.

Une fois la voie libre, nous sautons la glissière de sécurité. Hyperstressée, je cours le long de la quatre-voies. Les voitures nous frôlent et klaxonnent. Dans le tumulte, nous arrivons au milieu du pont. Sans hésiter, j'enjambe le parapet et je me cache du côté du vide, en équilibre. Sous nos yeux, un immense tapis vert, idéale piste d'atterrissage. Je me concentre sur le saut. Chris me laisse y aller la première. Je me lève et « trois, deux, un, base ». Dès que mes pieds décollent du pont, je tire sur mon extracteur. Le parachute se déploie. En l'air, je me sens tout de suite bien. Aucun stress. Chris me suit de près. Une fois au sol, nous ne prenons même pas le temps d'apprécier. Il faut ramasser le parachute, le jeter dans le coffre de la voiture et s'enfuir au plus vite. Si la police nous arrête, je serai morte de honte. Jouer au chat et à la souris avec les forces de l'ordre, très peu pour moi… mais il faut bien s'entraîner. Bravant la maréchaussée et ma peur du gendarme, je répète l'opération plusieurs fois depuis ce même endroit jusqu'à ce que ma position et l'ouverture de mon parachute soient parfaites. Sésame pour sauter depuis une falaise : la prochaine étape sera à Lauterbrunnen, capitale de l'art du vide.

Nous sommes nombreux, les passionnés des débuts, à nous donner rendez-vous dans ce village bernois de neuf cents habitants, coincé entre deux murs rocheux verticaux. Les falaises qui l'entourent peuvent atteindre 600 mètres de haut. Cette vallée ressemble à une carte postale : une langue de terre verdoyante où paissent des vaches, entourée de montagnes majestueuses, la Jungfrau, le Mönch et l'Eiger, trois des plus beaux sommets des Alpes suisses. Des chalets en bois et soixante-douze cascades complètent le tableau. Ce décor naturel a inspiré

J. R. R. Tolkien pour sa trilogie du *Seigneur des anneaux*. Ce site, à la fin des années 1990, début des années 2000, possède dix départs de saut en base jump. Depuis l'un de ces spots, vous pouvez regagner la plaine en quelques dizaines de secondes. Le train le plus haut d'Europe circule dans ce massif. Il traverse la face nord de l'Eiger pour nous conduire au Jungfraujoch, situé à 3 463 mètres d'altitude. En Suisse, la pratique du base jump s'apparente à une pratique telle que l'alpinisme, l'escalade ou la randonnée : c'est tout simplement un sport de montagne où les risques existent. De nos jours, plus de vingt mille sauts sont effectués chaque année à Lauterbrunnen. C'est devenu un réel business pour les locaux. À mes débuts, c'était plus confidentiel. Je découvre cet endroit avec un groupe de copains. Le récit de mon expédition au pont de l'autoroute a circulé en catimini sur les tarmacs. Épatés, ils acceptent de m'embarquer avec eux pour tenter mon premier saut depuis une falaise.

La marche d'approche s'apparente à de la randonnée de montagne au cœur de paysages propices à la contemplation. Tout ce que j'aime ! Je suis dans mon univers. La falaise est idéale pour un premier saut. Elle est déversante, c'est-à-dire qu'elle est arrondie en creux et permet de sauter sans la heurter. Juste à côté du point de départ, la cascade de Staubach, la plus belle de la vallée, s'écoule sur des centaines de mètres. C'est magique ! Arrivée au sommet, je profite quelques instants du point de vue. Puis, je m'équipe et je passe en revue mes points de contrôle habituels. Cuissardes, barrette de poitrine, extracteur… Je le touche de la main à plusieurs reprises en faisant le geste d'ouverture, tout en visualisant plusieurs fois mon départ, l'axe de mes épaules et mon saut. Je suis un peu tendue. J'éprouve le même trac que les acteurs avant d'entrer en scène. C'est une grande première mais je ne doute pas. Je suis à ma place. C'est un sentiment très profond, indéfinissable et indescriptible. Je me positionne au bord de la falaise. La cascade bruisse à côté de moi. Je respire. Je m'imprègne des éléments, connectée à cette nature qui m'entoure. « Trois, deux, un, base ! » Je pousse sur mes pieds, écarte mes bras comme un oiseau le ferait avec ses ailes pour m'appuyer de tout mon corps sur l'air. Je chute le long de la cascade. Le moment est si intense que j'ai l'impression que le temps s'écoule au ralenti. J'arrive à percevoir chacune des gouttes d'eau. Elles tombent au même rythme que moi. J'ouvre mon parachute et je pousse un cri de joie. Je n'éprouve cette intensité d'émotion que dans une seule autre occasion : lorsque je ride avec mon snowboard sur une pente raide immaculée de poudreuse. Comme sur la neige, dans ma tête je visualise la ligne que je dois tracer dans les airs.

Quand mes pieds touchent la terre ferme, je n'ai qu'une envie : recommencer. Prévoyante, j'ai un matelas dans la voiture. Mes copains sont rentrés chez eux. Je reste plusieurs jours à camper et à enchaîner les sauts. Un le matin, un autre le soir, lorsque l'air est calme et que les vents thermiques ne sont pas trop actifs. Car la proximité de la paroi me perturbe. Au fur et à mesure de la chute, elle défile sous mes yeux, proche, très proche de moi. Comme dans un film, je remarque chaque détail. À chaque vol, je perfectionne ma position afin que l'ouverture de mon parachute soit parfaitement dans l'axe. Je sais que si je commets une erreur, je n'aurai que très peu de temps pour réagir et éviter d'entrer en collision avec la falaise.

Il y a bien un autre moyen de prendre ses distances : la wingsuit, cette combinaison qui donne des allures de chauve-souris ou d'écureuil volant, au choix, a fait son apparition dans les années 1990. En se gonflant d'air, elle augmente la portance. Au lieu de chuter comme une pierre, équipé d'une wingsuit, le corps flotte comme une feuille d'arbre. L'idée commence à me trotter dans la tête. J'ai répété les sauts durant tout l'été à Lauterbrunnen. Régulièrement seule sur le site, il m'arrive de détecter parmi les clients du pub Horner, un bistro du village, un autre base jumpeur qui vient, lui aussi, sauter dans la vallée. C'est assez rare. Et même si nous nous reconnaissons entre nous, nous n'abordons jamais le sujet en public.

Chez Swissair, après avoir décroché un diplôme de contrôleuse de charge, j'accède enfin au poste qui m'intéresse vraiment à 21 ans. Je gère toute une équipe autour de l'avion afin qu'il puisse respecter son créneau de décollage. Je connais toute la flotte de Swissair par cœur et le poids à vide et à plein de chaque avion. J'adore mon métier ! Et puis, Nicolas Hale-Woods, l'organisateur de l'Xtreme de Verbier, m'appelle… « J'aimerais t'inviter à participer à la prochaine épreuve en mars 2002. » Je bafouille un : « Merci… J'accepte… », et je raccroche, soucieuse. Comment préparer l'Xtreme de Verbier dont je rêve depuis l'âge de 15 ans et exercer mon activité professionnelle à plein temps ? Il me faut choisir. Pour réfléchir à tête reposée, je monte à Verbier. Pendant plusieurs jours, je contemple le Bec des Rosses et le mont Gelé. Je me laisse porter par les émotions qui m'envahissent. D'elles émergera *la* solution. Je me rends vite compte que pour rider une face aussi engagée que le Bec des Rosses je dois m'entraîner. Mon cœur me dit de tout plaquer pour l'Xtreme. J'aime mon travail. Je me suis tellement battue pour obtenir cette place, normalement réservée aux hommes ou à des personnes bien plus expérimentées que moi. Pourtant, il m'est impossible de concilier la préparation de l'Xtreme avec un travail à 100 % à Genève-Aéroport. J'ai essayé de discuter avec mon chef d'un horaire aménagé sur une courte période de janvier à fin mars mais cela m'a été refusé. Par acquit de conscience, je prends conseil auprès de mon père et lui annonce d'abord ma sélection à l'Xtreme puis que j'envisage de quitter Swissair. Il me traite de folle. « On ne quitte pas un poste en or pour aller faire du snowboard ! » Je tente d'argumenter. « Si tu n'arrives pas à joindre les deux bouts, ajoute-t-il, ne viens pas frapper à ma porte. » Humiliée, je le quitte en pleurs. Ce soir-là, il me rabroue comme une gamine devant ses amis présents au dîner. C'est très violent ! Je me jure en sortant de chez lui de ne jamais lui demander de l'aide et de lui montrer que ma décision n'est pas un caprice d'enfant. Heureusement, maman est son opposé. La douceur même, aimante et très à l'écoute. Elle me prend entre quatre yeux : « Géraldine, penses-tu un jour regretter d'avoir quitté ton job pour l'Xtreme de Verbier ? Ou te reprocheras-tu d'avoir renoncé à l'Xtreme pour assurer ton poste ? » Sans hésiter, je lui réponds : « Si je ne tente pas l'Xtreme, je m'en voudrai toute ma vie. » Elle conclut : « Alors, tu as répondu toute seule à ta question. » À peine mes larmes séchées, je décide de partir à Verbier en me disant que si j'arrive à trouver un appartement et un boulot en un jour c'est que la vie me pousse là-haut.

# 6

# L'Xtreme de Verbier

Mon père était toujours persuadé d'avoir raison sur tout. Il était dur et parfois injuste. J'ai versé souvent des larmes de rage et de déception face à son intransigeance. Longtemps, il n'a pas compris ce qui m'animait. Nous ne partagions pas les mêmes ambitions. Il était totalement hermétique à mes projets de vie, tout au moins à mes débuts. Avec le recul, son attitude m'a poussée à être très exigeante avec moi-même.

Après ma discussion avec maman, dans l'après-midi même, je trouve d'abord un studio près de la place centrale de Verbier et ensuite deux boulots. Le premier à mi-temps de 14 heures à 18 heures, à l'agence de voyages Verbier Tours, pour pouvoir m'entraîner tous les matins. Le deuxième dans une *spaghetteria*. « J'ai besoin de quelqu'un qui a l'habitude du service. En saison, en cas de coup de chaud, il faut assurer », me précise la patronne. Je m'entends encore répondre avec aplomb : « Aucun problème ! J'ai l'habitude d'aider ma grand-mère et ma tante qui travaillent dans des foires. » C'est faux. Je ne leur ai jamais donné de coup de main. Ce mensonge aurait pu me coûter très cher. Le premier soir, elle s'aperçoit vite que je n'ai jamais assuré le service dans un restaurant de toute ma vie. Je suis très vite débordée. Furieuse, la patronne s'emporte : « Pourquoi tu m'as menti ? Tu n'as jamais travaillé dans la restauration ! » Je plaide ma cause. « Je suis désolée de ne pas avoir été honnête avec vous. J'ai été invitée pour participer à l'Xtreme de Verbier. J'ai besoin de ce job pour payer mes factures. Sans lui, je devrai renoncer à mon rêve. — Il va falloir apprendre vite, alors », a-t-elle ajouté adoucie.

Tous les matins, je me lève avec le sentiment d'être la femme la plus heureuse du monde. Je ride tous les jours et non plus uniquement le week-end. Mon snowboard est posé contre le mur de ma chambre à moins d'un mètre de mon lit. Il dort presque avec moi. Mon premier réflexe au réveil : regarder les montagnes par la fenêtre et jauger les conditions météo. De mon studio, je vois le soleil se lever sur le massif du Mont-Blanc. Un café, un encas et direction les pentes enneigées. Je redescends vers 13 h 30 pour arriver à l'agence de voyages à 14 heures. Après un passage aux toilettes où je retire le haut de ma tenue de sport, j'enfile une chemise ou un pull mais garde mon pantalon de freeride. Une fois assise à mon bureau, les clients ne remarquent rien. Mes collègues me soutiennent. Surtout Léo. C'est mon plus grand fan. Il découpe les articles de presse qui évoquent mes victoires et mon parcours puis les affiche sur les murs du bureau. À 18 heures, je file chez moi prendre une douche et me changer pour avoir l'air peu ou prou d'une serveuse. Et j'enchaîne jusqu'à minuit. Certes, je ne dors pas beaucoup mais je suis dans un tel état d'extase que je ne ressens pas la fatigue. La réalité n'a pas rejoint la fiction, elle est encore plus belle que dans mes rêves. Très sincèrement, je ne pense pas remporter l'épreuve. Mon rêve, c'est de rider avec les stars qui figurent sur les posters de ma chambre d'enfant. Je dois être à la hauteur des meilleurs mondiaux sur le Bec des Rosses au mois de mars suivant. Ruth, blessée, est privée de snowboard. Victorieuse de la dernière édition, elle m'aidera à repérer ma ligne le jour J. Mon sponsor me paye mes déplacements, mes inscriptions et me fournit le matériel mais je n'ai aucune somme allouée pour les entraînements. Avec mes deux salaires de mi-temps, je n'ai pas les moyens de me payer un coach ni un préparateur physique. Alors je sollicite les copains. Ils connaissent mes faiblesses par cœur. Xavier Rosset, toujours et encore lui, se prépare aussi pour l'Xtreme. Les autres, comme Lionel et Virginie, nous accompagnent pour nous soutenir. Quand ils ne peuvent plus nous suivre, ils examinent mes descentes et notent tous les défauts de ma ligne et de mes sauts. Je dois également me muscler les cuisses pour tenir sur les pentes raides et amortir les sauts. Certains matins, dès 8 h 30 et durant cinq heures, j'avale les dénivelés en allant le plus vite possible. D'autres fois, nous organisons des sorties au mont Gelé ou sur la face nord du mont Fort, pour descendre des pentes ou des couloirs aussi raides que le Bec des Rosses. Il est souvent impraticable en début d'hiver et fermé avant l'Xtreme. Pour me préparer mentalement, je m'inscris à toutes les compétitions de la région. Je remporte toutes les courses du début de saison ou presque, Chandolin, Thyon, Les Arcs, etc. À la veille de l'Xtreme de Verbier, je suis prête !

L'histoire de l'Xtreme, c'est avant tout celle de Nicolas Hale-Woods. En 1994, ce surfeur, de vagues comme de bosses, ride le Bec des Rosses en snowboard pour y tourner les scènes d'un film. Plusieurs curieux se réunissent au pied de la montagne et saluent sa prestation. Il flaire alors le potentiel spectaculaire d'une compétition qui se déroulerait sur cette face. Seuls les meilleurs pratiquants mondiaux de la discipline peuvent relever un tel défi. Dans les années 1990, ils ne sont qu'une vingtaine, hommes et femmes confondus, capables d'un tel exploit. Le projet, accueilli favorablement par la commune de Bagnes, séduit aussi les professionnels du sauvetage qui voient en lui un moyen de communiquer sur la sécurité. Les conditions imposées aux sportifs sont drastiques : porter un casque et emporter un DVA (Détecteur de victime d'avalanche), une pelle et une sonde sont obligatoires. Ces contraintes sont plutôt inhabituelles à l'époque dans le milieu du freeride. Grâce au soutien de Red Bull, Nicolas parvient à réunir un budget de 200 000 francs suisses à l'époque. Depuis vingt-huit ans, l'Xtreme de Verbier incarne l'événement de référence à travers le monde et a marqué le début des compétitions professionnelles de freeride. La première course a eu lieu le 24 mars 1996 entre snowboardeurs et snowboardeuses. Elle sera ouverte aux skieurs en 2004 puis aux skieuses en 2006. En 2008, elle devient la finale du Freeride World Tour, le championnat du monde de freeride, né du succès de l'Xtreme de Verbier.

Fin mars 2002, c'est à mon tour de figurer parmi l'élite. Ce matin-là, je ne suis ni stressée ni excitée, simplement heureuse. Je vérifie tout mon matériel une dernière fois avant de quitter mon petit appartement.

Depuis le bas de la station, je prends la télécabine pour atteindre le col des Gentianes, situé à 2 950 mètres. La terrasse de ce col est l'endroit idéal pour admirer les freeriders qui s'élancent dans la face nord du Bec lors de l'Xtreme de Verbier. C'est aussi le point d'observation adéquat pour repérer la ligne que nous allons emprunter. Tout commence par cette phase. Les riders scrutent les itinéraires éventuels. Ils calculent les trajectoires en fonction de l'état de la neige, de la météo et de la visibilité. Si les conditions sont bonnes et que la neige est poudreuse, nous pouvons nous permettre plus de choses. Si elle est dure, en cas d'erreur, il sera difficile voire impossible de stopper une chute. On ne s'élance pas dans une pente telle que celle du Bec des Rosses sans anticiper le moindre détail. Peu de gens, à part les initiés, savent à quel point nous préparons nos runs, nos descentes dans le jargon.

Ruth m'a aidée à définir ma ligne. En freeride, pas de piquets ni d'itinéraire imposé entre le départ et l'arrivée. Les juges récompensent le choix de la ligne, la fluidité, l'esthétisme, la maîtrise technique et la créativité.

Aux Gentianes, j'évalue, à distance, les hauteurs de rochers, les degrés de pente et la texture de la neige.

À l'issue de la phase d'analyse, tout se passe dans la tête. Nous déroulons mentalement les images de notre descente. J'essaie toujours de prévoir une marge de sécurité qui, en cas de chute, m'assure de ne pas retomber sur les rochers. Comme un acteur qui se prépare à entrer sur scène, je ressens ce fameux trac qui galvanise. Ce n'est pas de la peur mais une tension positive qui me garde en alerte pour anticiper au mieux les dangers.

Le dernier tronçon pour parvenir au sommet du Bec des Rosses s'effectue à pied, skis ou snowboard sur le dos. Les guides nous font la trace. Il faut grimper sur l'arête avec le vide qui file de chaque côté. Certains concurrents tremblent ou pleurent. D'autres, comme moi, sont heureux d'être là-haut. Je me connecte aux éléments. J'apprécie ce moment. C'est ma phase de concentration. Au sommet, l'équipe de sécurité inspecte notre matériel. Sébastien Gay, guide de haute montagne, en fait partie. Il contrôle les DVA. « Je ne détecte pas ton appareil », me dit-il. Je réponds, étonnée : « Comment ça, tu ne le trouves pas ? — Il n'émet pas, insiste-t-il. Peux-tu vérifier s'il est bien allumé ? » Inquiète, j'ouvre ma veste et cherche dans tous les recoins : pas de DVA ! Je l'ai oublié à la maison. Mon rêve s'effondre. Sans DVA, l'organisation ne prendra pas la responsabilité de me laisser descendre le Bec. « Prends le mien », me dit-il en me glissant l'appareil dans la main. Sans lui, je retournais chez moi. Mon destin aurait pris un autre chemin. Je ne sais pas encore à quel point Sébastien Gay va influencer le cours de ma vie.

Ensuite, c'est le calme avant l'afflux d'adrénaline.

J'inspire. J'expire. L'exercice chasse les idées parasites. Par la concentration, j'entre dans un état de conscience modifié. On m'appelle à la porte de départ. « Dans une minute, c'est à toi ! » Je resserre les straps de mes fixations, un rituel avant chaque run. Trois, deux, un : top ! La ligne que j'ai dessinée dans ma tête part sur la droite. Je m'élance et effectue mes premiers virages. Je laisse couler le sluff[1] et arrive sur la première barre rocheuse. Jamais personne n'a imaginé sauter sur la partie haute de cette face. Je suis sûre que, dans un premier temps, les juges pensent que je me suis trompée d'itinéraire. En réalité, j'inaugure une partie encore jamais explorée en compétition. Comme pour un pilote de chasse, le cerveau du rider gère une multitude de paramètres simultanément. Virage à droite en contournant le premier caillou. Virage à gauche et prise de vitesse. Mon premier saut est parfait : je suis en confiance pour la suite mais je reste concentrée car ce n'est que le début. Je glisse dans un nuage de poudreuse. Je contrôle ma vitesse et me laisse porter. Je fais corps avec la montagne. Mes jambes commencent à brûler, j'arrive en bas à pleine vitesse. Je franchis la ligne d'arrivée en poussant

1. La neige qu'un skieur fait couler lors d'un virage dans une pente raide.

un cri de joie. C'est autant une libération qu'un plaisir intense. À l'issue de leur délibération, les juges me classent première de la manche de qualification ! Dans ma tête, je me dis : « Ils ont dû se tromper… » Nous ne sommes que trois filles engagées sur cette compétition, dont Eva Sandelgard, qui avait déjà gagné l'épreuve trois fois. J'ai 21 ans, je suis le bébé de l'aventure, je ne peux pas me classer devant elle. Et pourtant…

Pour la finale, l'organisation dépose les candidats au podium, au sommet du Bec, en hélicoptère. Je ne suis jamais montée dans un hélico de ma vie. Ma journée s'annonce bien : je découvre mon terrain de jeu depuis les airs et je suis l'outsider qui n'a rien à perdre mais tout à gagner. Sans même décrocher la victoire, je suis déjà comblée. Comme je passe en dernière position, ma performance et les notes des juges qui s'ensuivront prononceront le verdict final. Trois, deux, un : top ! J'effectue la même ligne que lors des qualifications, sans le saut au sommet à cause des conditions de neige qui se sont dégradées. J'assure mon run avec probablement un peu plus de maîtrise, de technique et d'esthétisme. À l'arrivée, je suis heureuse d'avoir profité du moment. Les juges annoncent le nom de la gagnante : « Géraldine Fasnacht ! » Je me pince. Je n'y crois pas et je me mets à pleurer.

Mon père assiste à la scène. Depuis des mois, fâché par ma décision de quitter un emploi stable à l'aéroport de Genève, il ronge son frein. Effrayé par la difficulté que représente l'Xtreme de Verbier, il angoisse en silence tout en me suivant de loin. Le Bec des Rosses est un monstre de verticalité. Une montagne qui rend humble le plus doué des freeriders. Elle ne pardonne pas à ceux qui la défient sans égards. Pour la première fois, mon père assiste à la compétition. Il est monté à pied depuis Verbier jusqu'aux Gentianes en peaux de phoque. Posté à côté de la tente des juges, lui aussi verse sa larme. Il s'approche de moi, les yeux rougis, me serre dans ses bras et me lâche : « Je suis fier de toi. Maintenant, j'ai compris ! » Il est tellement aux anges qu'il paye sa tournée. En redescendant dans la station, j'invite tous les guides qui ont sécurisé l'épreuve au Fer à Cheval, le bar incontournable de l'après-ski à Verbier. Sébastien Gay est de la partie. Nous avons fêté ma victoire et dansé toute la nuit ! Dès le lendemain, on pouvait lire dans la presse : « Alors que Swissair se crash, Géraldine Fasnacht prend son envol ! » En effet, en décembre 2001, Swissair, une des compagnies les plus prestigieuses au monde, a fait faillite. C'était inimaginable ! Heureusement que la vie m'avait accompagnée sur le bon chemin…

Sans que je m'en rende vraiment compte, mon succès à Verbier suscite intérêt et admiration. Plusieurs marques me proposent de signer des contrats. Elles n'offrent plus simplement l'équipement et le matériel, non : elles me payent pour s'associer à mes succès. Cette victoire a tout chamboulé. Du jour au lendemain, ma plus grande passion est devenue ma vie de tous les jours. Comme je me suis consacrée à la préparation de l'Xtreme, je n'ai presque pas sauté en base jump de tout l'hiver. Cependant, le bruit court que je m'adonne à cette pratique, mes nouveaux sponsors ont été clairs : si j'ai le malheur de me blesser en base jump, mes contrats s'arrêteront aussitôt ! Je me suis résolue à ne plus en parler… mais à pratiquer le base jump dans le plus grand secret !

# 7

# Je vole

Selon Oscar Wilde, « tout désir que nous cherchons à étouffer couve en notre esprit et nous empoisonne. Le seul moyen de se délivrer de la tentation, c'est d'y céder. » Pour vivre pleinement, intensément, sans regret et sans remords il faut donc succomber à la passion. Mais pas à n'importe quel prix ! Notre soif d'aventure doit se confronter à ce que nous impose la raison. Le fil est ténu entre l'envie et la folie. La passion se doit de sceller un pacte de non-agression avec notre intégrité mentale et physique… sinon, l'accident nous pend au nez et la mort pourrait bien nous attendre au tournant.

Avant de me promettre de voler, un jour, avec mon corps pour seul habitacle, j'ai étudié les parcours de ceux qui ont franchi le pas avant moi. Je me suis inspirée de leur histoire pour alimenter mon imaginaire mais aussi pour éviter de commettre des erreurs qui peuvent se révéler fatales. Le premier homme à tester un costume volant s'appelle Franz Reichelt. Ce Français d'origine autrichienne s'est jeté du premier étage de la tour Eiffel pour démontrer sa théorie. Dans la vie, il est tailleur pour dames dans le quartier de l'Opéra à Paris. Dans le secret de son atelier, il conçoit le premier costume d'homme volant, inspiré de la morphologie des chauves-souris. Étant couturier, Reichelt se taille une combinaison sur mesure. Elle est magnifique, comme un très grand manteau bouffant en guise de voilure, composé avec les tissus de l'époque et du caoutchouc. Reichelt mise tellement sur le succès de son expérience qu'il fait mousser l'histoire en annonçant, à qui veut bien l'entendre, qu'il sautera, le 4 février 1912, du premier étage de la Dame de fer. La presse et le tout-Paris sont au rendez-vous. Un film est tourné pour fixer le coup d'éclat sur la pellicule. Sur les images, on le voit, debout, sur un tabouret, lui-même posé en équilibre sur une table. Reichelt hésite longuement. Il avance vers le parapet, jauge la distance qui le sépare de la terre ferme, recule, pris de vertige. Je l'imagine se dire : « Je suis allé trop loin dans mon délire. Si je ne saute pas, je serai la risée du village. Et si je saute, je vais peut-être mourir, mais je serai un héros. » Soudain, dans un regain de courage, il s'élance… et s'écrase au sol en une poignée de secondes. Mort sur le coup. Convaincu que ses battements de bras suffiraient à un atterrissage en douceur, il n'a pas prévu de se munir d'un parachute. Les écueils qui guettent les pionniers revêtent parfois l'habit de louables raisons. La confiance, le dépassement de soi, l'exploit, l'enjeu historique… nous conduisent parfois à être pris au piège de nos propres projets. Franz Reichelt s'est tué à 33 ans et il en est l'exemple type. Cependant, il est aussi le premier homme à imaginer un saut d'un point fixe, ce qu'on appelle aujourd'hui le base jump, revêtu d'une combinaison, communément désignée sous le nom de wingsuit. C'est aussi dingue que visionnaire quand on y pense.

Léo Valentin a surfé sur la même intuition. Ce parachutiste français, né en 1919, n'a pas connu Reichelt de son vivant. Désigné comme « l'homme le plus audacieux du monde » par les médias de son époque, Léo Valentin met au point des ailes en bois recouvertes de toile qui lui permettent de planer sur 5 kilomètres, après avoir sauté d'un avion et avant d'ouvrir son parachute. Il devient le premier homme-oiseau et se produit dans les plus grands meetings européens. C'est au cours de l'un d'entre eux, en 1956, à Liverpool, que l'une de ses ailes cogne accidentellement la carlingue de l'avion qui le largue. Les toiles s'enchevêtrent et ses parachutes, le dorsal comme le ventral, ne s'ouvrent pas.

Parmi nos contemporains, Patrick de Gayardon incarne dans les années 1980 l'inventeur de génie.

Encore un Français. Patrick est le premier à envisager des ailes qui se gonflent avec un intrados et un extrados, soit une face inférieure et une face supérieure comme pour une aile d'avion. Parachutiste de haut niveau, champion de France de chute libre, vice-champion du monde, il découvre, en 1984, le freestyle (chute libre avec figures) et le base jump (saut depuis un point fixe, tels les ponts, immeubles, antennes, falaises). Pour améliorer cette pratique, il crée en 1994 un concept d'ailes souples attachées au corps du bonhomme. C'est comme si ses bras et ses jambes étaient palmés avec des boudins remplis d'air. La wingsuit des temps modernes naît entre ses mains. Son principe de fonctionnement est similaire à celui du parachute, du kite ou du parapente. En s'engouffrant dans les ouvertures entre les jambes et sous les bras, l'air gonfle l'aile, lui donne une rigidité qui lui permet de générer une portance. Ainsi, Patrick de Gayardon parvient à se diriger et à infléchir la courbe de sa chute, qui emprunte une trajectoire à près de 45 degrés.

J'ai 17 ans lorsqu'il réalise son plus célèbre exploit. Une prouesse digne des scénarios les plus improbables. À tel point qu'elle inspirera la cascade d'ouverture, exécutée officiellement par James Bond, du film *Golden Eye*. Dans la vraie vie, le 29 juillet 1997, largué d'un avion, un Pilatus, Patrick de Gayardon évolue, avec sa wingsuit, à côté de l'avion, puis remonte dans la cabine du même appareil quelques secondes plus tard alors qu'il est en chute libre… Inimaginable, irréalisable, totalement inouï, sauf dans l'esprit défricheur d'un Patrick de Gayardon. Les Soul Flyers Fred Fugen et Vince Reffet ont réitéré l'exploit vingt ans plus tard, en 2017.

Patrick expérimentait sans cesse des modifications sur son matériel pour l'améliorer. Il cousait, décousait, bricolait sa combinaison ailée pour perfectionner sa finesse. Le 13 avril 1998 à Hawaii, il avait fixé un déflecteur à son harnais, l'avait démonté puis remonté. Au cours de ces différentes manipulations, il aurait noué par erreur les suspentes de la voile principale, l'empêchant ainsi de se déployer. Patrick a pris son envol, sourire radieux et regard pétillant, comme à son habitude. Mais ligoté, son parachute ne s'ouvre pas. Patrick de Gayardon meurt à 38 ans.

Habitée par ces exemples, montagnarde pragmatique, si je voulais voler, je devais progresser doucement mais sûrement. Sans brûler les étapes, avec excitation, certes, mais aussi et surtout avec sérieux et sang-froid. À Lauterbrunnen, j'avais intégré qu'il me fallait un moyen pour m'éloigner de la falaise. La wingsuit s'imposait comme la meilleure option. Comme pour le base jump, dans le milieu du parachutisme, nous savions qui utilisait ces combinaisons ailées. Nous ne pouvions ni prononcer le mot ni apporter le matériel sur les aérodromes. Même si la pratique n'était pas interdite par la loi, nous étions perçus comme des personnes de mauvaise réputation, des toqués aux aspirations morbides. Cependant, pour être efficace et rigoureuse, je devais d'abord apprendre à piloter ma wingsuit depuis un avion avant d'espérer m'envoler d'un point fixe. Je n'avais pas d'autre choix que de ruser et d'innover. Comme les parachutes de base jump, la plupart des wingsuits sont bricolées en secret. Je commence à voler avec des vestes et des pantalons de pluie, très larges, dans lesquels je fais des trous entre les jambes, en les brûlant avec des cigarettes. Avec les copains, nous les appelions les « smokes pants ». Une fois en vol, ces tenues se gonflent d'air et me permettent d'avancer en position track.

À l'aérodrome, j'ai repéré une vieille malle dans le local à matériel dans laquelle il y a des trésors, dont une combinaison avec des petites ailes. À Yverdon, Maurice, mon nouvel instructeur, m'apprend à maîtriser le vol sous voile. Nous sautons ensemble et nous ouvrons nos parachutes bien plus haut que la normale lors de nos sauts d'avion, à 1 500 mètres, pour nous exercer au voile contact[1].

1. Le voile contact consiste à voler sous voile en formation et s'apponter.

Parfois, nous sommes tellement captivés par nos évolutions que nous oublions de nous diriger vers le terrain en prévision de notre atterrissage. Je me souviens que Véro, sa femme, venait nous récupérer au milieu des champs, quelques kilomètres plus loin. Elle le sermonnait, lui ordonnait d'arrêter de faire n'importe quoi avec les élèves… Maurice était comme un enfant. J'attends gentiment d'avoir effectué assez de sauts car j'ai en tête de lui demander d'essayer la wingsuit cachée dans la malle. Après avoir évoqué avec lui l'objet de mon désir, il m'avoue alors qu'il l'a fabriqué lui-même. C'est une vieille combinaison de mécanicien sur laquelle il a cousu de petites ailes entre les jambes et sur les bras. Je décide d'effectuer mon premier test avec ce prototype sorti du hangar. Le risque est mesuré. Il s'agit de sauter en parachute, depuis un avion, avec une tenue ailée qui doit m'assurer une meilleure portance que si je n'en portais pas. Bref, un saut en parachute amélioré. Rien d'insurmontable techniquement. « Prends-la », me dit-il. Ravie, ni une ni deux, je la monte sur mon harnais. Je m'équipe à l'abri des regards. Puis, je me dirige vers le Pilatus Porter en me faisant le plus discrète possible. Malheureusement, ce jour-là, le responsable de l'activité est totalement opposé à l'utilisation de la wingsuit. Il découvre mon accoutrement, fonce sur moi, m'attrape par le bras et me lance, furieux : « Tu n'as pas assez d'expérience. Tu ne sais même pas comment sortir de l'avion avec ça... Si tu pars en spirale... tu ne pourras pas rattraper le coup ! » Je n'ai même pas envie de discuter. Le lendemain, je dois partir en Norvège où m'attend mon ami Cédric Dumont. Depuis peu, il développe sa marque de combinaisons de freefly et de wingsuit, dénommée Matter. Il présente ces prototypes en démonstration à Voss, lors de l'Ekstrem sport Veko. Il m'a promis de me laisser en essayer une. Sans un mot, je me détourne de l'instructeur zélé, retire la combinaison de Maurice, range mon matériel et rentre chez moi faire ma valise.

Lorsque j'arrive sur place, à Voss, Cédric me confie l'un de ses bébés. La combi est toute noire, magnifique. Elle englobe tout le corps ou presque. Je l'enfile. Mes bras et mes pieds sont comme entravés. Je la fixe sur mon harnais et je commence à répéter les mouvements pour la sortie de l'avion, le vol et l'ouverture du parachute. J'ai de la difficulté à aller chercher l'extracteur. Je me sens contrainte dans mes mouvements. Au début, je ne suis pas très à l'aise. De plus, l'avion n'est pas un Pilatus avec une porte latérale mais un avion à tranche arrière, comme un Transall. C'est la première fois de ma vie que je vais sortir d'un tel avion et en plus avec une wingsuit. Je décide d'apprivoiser le prototype avant de me lancer. Sous la supervision de Cédric, je répète les mouvements au sol. Puis, confiante et motivée, je monte dans l'avion sans lui car il doit tenir son stand. Les wingsuiteurs sautent toujours en dernier lors des largages, après tous les parachutistes. Tendue et en même temps concentrée sur les gestes que j'ai répétés, je ne prête pas attention à ce qui se passe autour de moi. À tel point que je me retrouve seule à bord et la dernière à sauter.

J'ai des papillons dans le ventre. Après une grande respiration, je m'approche de la porte béante de l'appareil. Je me retourne face au cockpit et dos au vide. Un, deux, trois et hop, je pousse très fort sur mes jambes. J'écarte immédiatement mes bras et mes jambes, comme lors de la répétition au sol. Mes ailes se gonflent tout de suite. Je perçois le sifflement produit par l'air qui les traverse. Au lieu de tomber comme une pierre à la verticale, je plane. Je vois les paysages qui défilent sous moi, les montagnes, les cascades… Je vole ! Je me laisse porter. C'est l'extase. À 1 000 mètres d'altitude, j'ouvre mon parachute. Je regarde autour de moi avec un énorme sourire aux lèvres. Et là, je me retourne et je ne vois plus l'aéroport. J'ai complètement oublié de virer pour revenir en direction du terrain. Je me rends compte que j'ai parcouru une grande distance horizontale que j'estime à 3 kilomètres de la *drop zone*. Je repère une clairière au milieu d'une forêt et je m'y pose tranquillement.

Je n'ai pas de téléphone portable sur moi... Je ne peux avertir personne. Pas de carte de la région non plus... Je décide de gagner la route pour faire de l'auto-stop. Sourire aux lèvres, je me demande bien quel est le conducteur qui osera prendre une énergumène embarrassée d'une wingsuit et d'un parachute. Je mets deux heures à rallier l'aérodrome. Heureuse. Comblée. Sur le tarmac, Cédric se précipite vers moi, mi-inquiet, mi-amusé. « Mais où étais-tu ? » me demande-t-il. Je lui réponds avec un énorme sourire : « J'ai volé ! » Je garde sa wingsuit. De retour en Suisse, je montre mon trophée à Maurice. D'un air complice, il sort de son sac une wingsuit fabriquée par Patrick de Gayardon, qu'il garde secrètement. Nous allons voler ensemble, à partir de maintenant !

Ma victoire à l'Xtreme de Verbier m'ouvre les portes d'une carrière professionnelle et me donne l'opportunité de tourner des films sur mes différentes aventures. Ruth se rétablit doucement de sa blessure. En septembre, nous partons toutes les deux en Amérique du Sud pour nous entraîner en prévision de la saison à venir. Nous parcourons l'Argentine et ses stations de ski durant plusieurs semaines. Nous allons jusqu'à Ushuaia. Un photographe et un cameraman nous accompagnent. L'objet du documentaire est le binôme que nous formons, Ruth et moi. Même si, désormais, j'ai des partenaires qui me financent, je ne roule pas sur l'or. Nous retrouvons l'équipe de Suisse de ski à Las Leñas, dans la cordillère des Andes. Comme nous avons mis tout notre argent dans le logement, nous n'avons pas de quoi payer nos remontées mécaniques. Les membres de l'équipe suisse ont pitié de nous. « Comme nous sommes habillés avec les tenues officielles, ils ne contrôlent pas nos forfaits », nous confient-ils. Bons camarades, certains d'entre eux nous offrent leur abonnement de skis. Entre deux stations, nous organisons une expédition sur le Fitz Roy. Située en Patagonie, à la fois majestueuse et solennelle, cette aiguille de granit pointe à 3 405 mètres d'altitude. Cette montagne dessine une barrière naturelle entre un champ de glace à l'ouest et la pampa sèche à l'est. Le contraste est à la fois époustouflant et terrifiant car la météo peut changer très vite. Les vents y sont violents et les températures varient subitement dans une même journée. Nous campons aux alentours d'El Chaltén, un bourg du bout du monde dans le parc national des Glaciers. Nous installons nos tentes aux abords des propriétés d'éleveurs de chevaux. Ces derniers nous autorisent à leur en emprunter pour parcourir une partie de la montée à dos de cheval. Quand le chemin devient trop abrupt, nous les laissons dans la forêt jusqu'à notre retour. Puis nous grimpons parfois durant six heures d'affilée jusqu'au sommet de la face que nous voulons rider. C'est magique !

Quand je rentre de ce voyage, à court d'argent, je fais du stop depuis la vallée pour monter à Verbier. Au pied de la montée vers la station, au Châble, je tends le pouce avec tout mon barda à mes pieds. Une voiture qui ne m'est pas inconnue s'arrête. C'est Sébastien Gay ! Je lui demande : « Qu'est-ce que tu fais dans la vallée ? » Il me répond : « Je déménage. Je me sépare de ma compagne... » Dans ma tête, je me réjouis : « Quelle bonne nouvelle ! » Il ne s'était rien passé entre nous après ma victoire à Verbier, mais j'avoue que ce jeune guide beau, talentueux et charismatique m'attire. « Je rentre d'Amérique du Sud, lui dis-je, nous avons tourné un film, Ruth et moi. Il sera diffusé à Lausanne le 30 novembre prochain. Je t'invite. — OK. Je viendrai », m'assure-t-il. Le 29 novembre, Seb m'appelle. Il s'est déboîté une épaule lors d'un entraînement d'escalade. Impossible de conduire. Imaginez ma mine. Moi qui n'espère que sa venue. La projection est un prétexte pour le revoir. « Ma mère me déposera », ajoute-t-il « et si tu es d'accord, tu me raccompagneras. » Je lui réponds illico : « Avec plaisir... » Je me souviens d'une soirée extraordinaire. Après la projection, il y avait un cocktail mais nous avons planté tout l'auditoire. Nous éprouvions l'envie d'être seuls. Nous avons pris la route alors qu'une tempête de neige sévissait déjà au cœur de la ville de Lausanne. La neige est tombée sur l'autoroute jusqu'à Verbier : c'était magnifique ! Comme il aurait été trop dangereux de le reconduire jusque chez lui… il est venu dormir à la maison.

# 8

# Les intrus de l'Amône

Seb est mon âme sœur. Notre couple est une évidence. Les mots me manquent pour qualifier ce qui nous unit. Nous formons un tout. Nous sommes, chacun, la moitié de l'autre. Quand nous sommes réunis, l'alchimie opère comme par magie. Nos cellules fusionnent. Cette plénitude engendre un sentiment de bonheur absolu. Séparés, nous sommes comme orphelins, amputés d'une partie de nous-mêmes. La montagne est à l'origine de notre amour. Elle en est également le socle. Nous respectons nos univers respectifs tout en nous enrichissant mutuellement de l'expérience que nous avons acquise dans nos disciplines. Seb m'enseigne l'alpinisme pour grimper les sommets. Je vais lui apprendre à voler pour redescendre dans la vallée. Ensemble, nous allons toujours plus haut, nous vivons toujours plus fort.

Au printemps 2003, je remporte mon deuxième Xtreme de Verbier. Seb et Claude-Alain, son meilleur ami et guide, dirigent la sécurité de l'épreuve. C'est la seule compétition sur laquelle Seb m'accompagnera, excepté les tournages de films de freeride. Le reste du temps, nous menons nos projets séparément. Lui rêve d'Himalaya, de 8 000 mètres et d'ouverture de faces nord hostiles ; moi, de snowboard et de base jump.

Sébastien est l'étoile montante de l'alpinisme. Devenu, à 21 ans, le plus jeune guide suisse de haute montagne, sa renommée nationale et internationale est en plein essor. Doué, rigoureux, instinctif, il possède une grande maîtrise de sa pratique. Son métier consiste à encadrer des clients en montagne. Sa passion, c'est ouvrir des voies, inaugurer des itinéraires, laisser sa trace là où aucun autre n'avait osé avant lui planter son piolet. En 2003, en compagnie de Claude-Alain, Seb achève « l'arête valaisanne », une expédition qu'ils ont mise au point et organisée de bout en bout. Ils parcourent 640 kilomètres et gravissent trois cent trente sommets au cours d'un périple de soixante-dix-huit jours en montagne. Le parcours comprend dix-huit sommets de plus de 4 000 mètres. Entamée en juin 2002, leur excursion va s'étirer, car en septembre un bloc de pierre cède et écrase la main de Claude-Alain : fracture ouverte qui nécessite son hospitalisation, une opération et de la rééducation. Le 28 juillet 2003, les deux amis reprennent le chemin des sommets depuis la Furka, à l'endroit précis où ils avaient dû stopper leur expédition l'année précédente, et bouclent l'épopée.

Excellent skieur, Seb pratique également la pente raide. Le ski de pente raide, ou ski extrême, est une discipline qui conjugue alpinisme et ski extrême. Les pentes, définies par leur raideur, sans que l'on puisse fixer un seuil exact au-delà duquel une pente est considérée comme raide, sont classées en fonction de leur inclinaison, en général supérieure ou égale à 50 degrés sur certaines portions, mais aussi de leur longueur, de leur engagement (possibilités d'échappatoire ou de secours) et de leur exposition aux dangers (risque d'avalanche ou chute de sérac). Seb est un skieur exceptionnel ! Son ambition de vie se niche au creux du rocher. Il imagine et ouvre des voies en escalade, et redescend par des couloirs encore jamais skiés. Il me donne l'envie de mettre mes pas dans les siens. Désormais, ensemble ou bien séparément, nous allons faire de notre vie une série d'expéditions.

De mon côté, je cumule plus de quatre cents sauts en wingsuit depuis un avion : je me sens prête pour tenter un premier vol depuis une falaise. Avec mon ami Rodolphe Cassan, également base jumpeur, nous allons en Italie, près du lac de Garde, au mont Brento. Le Brento est une falaise idéale pour un premier saut en wingsuit : 1 000 mètres de dénivelé dont 600 déversants. Les risques de heurter la montagne sont minimes avec notre expérience et l'accès est facile après une courte marche. Au sommet, on découvre trois gars parlant russe, sur le point de sauter. Parfait ! Ils nous serviront de modèles et de repères : ils nous feront la trace dans les airs comme on peut le faire dans la neige, car il y a une forêt à survoler avant la zone d'atterrissage. Le premier s'élance : il vole, vole, vole… ouvre son parachute… il reste trois secondes sous voile et… finit dans les arbres ! Je m'exclame : « Il faut appeler les secours. » « *Don't worry!* (T'inquiète pas !) », me dit l'un de ses compagnons dans un anglais balbutiant. Il se retourne aussi sec et saute à son tour. Il vole, vole, vole… ouvre et finit aussi dans les arbres. Je conseille au troisième d'appeler ses potes pour vérifier s'ils ne sont pas blessés. « *My friend is fine* (mon copain va bien) », me répond-il, et il s'élance à son tour. Même punition. À l'époque, les wingsuits étaient moins performantes qu'aujourd'hui. Elles ne se gonflaient pas aussi bien non plus. Il fallait être fin pilote de son propre corps pour trouver le bon angle de vol et ne pas décrocher. Concrètement, il ne faut pas trop relever le nez pour ne pas réduire sa vitesse si on espère dépasser la forêt.

« Après toi, Fasnacht ! » me dit Rodolphe. Étant donné les exploits de nos trois Russes, j'hésite à retirer ma wingsuit… et à tout remballer. Face à mon atermoiement, il me répète ce que je sais déjà : « Tu es prête, Gé. Tu totalises près de cinq cents sauts en wingsuit. Tu es entraînée et il y a près de 1 000 mètres de verticale. » L'appréhension me sert généralement de baromètre, de jauge pour vérifier si tous les paramètres sont au vert. Nous avons vérifié la météo. Objectivement, il a raison. Je lui réponds : « Tu es galant quand ça t'arrange. Vas-y ! Je te suis ! Bon saut ! » Rodolphe sourit et décide d'y aller en premier. Je le suis des yeux. La tête dans les épaules, il s'applique pour adopter le bon angle de vol, à tel point qu'il vire un peu trop à droite et survole la partie la plus large de la forêt. Je crie : « Non, non, non… » Sous voile, il ne parvient pas à dépasser le bois et finit dans un arbre… Je lui téléphone : « T'inquiète, me rassure-t-il. Je récupère ma voile au sommet de l'arbre, je redescends et on se retrouve à la zone d'atterrissage. Bon saut ! » Trois, deux, un, base. Je crains tellement de terminer dans la forêt que je tire mon extracteur très tôt, dès que je me suis assez éloignée de la falaise, et je me pose au pied de la paroi… Aucun intérêt à s'équiper d'une wingsuit si c'est pour obtenir un tel résultat. On se retrouve pour plier nos parachutes. Rodolphe me convainc de réessayer. Au sommet, nous tombons nez à nez avec une nuée de photographes et de cameramans. Deux athlètes, sponsorisés par Red Bull, Shane McConkey et JT Holmes, tournent un film. McConkey est une légende. Moi qui voulais être tranquille pour me concentrer sur mon vol… Nous feignons de ne pas les remarquer. Alors que je m'approche du point de départ, un cameraman me demande : « Est-ce que je peux me caler sur ton saut ? » En clair, je fais la doublure, comme dans une répétition générale avant que les stars ne sautent. « OK, lui dis-je, mais je suis débutante. Ça risque de ne pas être terrible… » Trois, deux, un, base… J'écarte mes bras et mes jambes, je pique du nez pour prendre de la vitesse et m'éloigner de la falaise. Je sens dans mon corps que l'angle de vol est parfait. J'effectue le plus beau de vol de ma vie. Je vois la forêt défiler sous moi et me dirige vers la zone d'atterrissage. J'ouvre mon parachute au-dessus du champ. Je dézippe les fermetures éclair de ma wingsuit et je me pose tranquillement. Rodolphe me suit et effectue un vol parfait, lui aussi. Embrassades et cris de joie. Nous rangeons notre matériel avant d'aller fêter notre « exploit » en buvant une bière à la pizzeria du coin. L'équipe Red Bull nous rejoint après leur tournage. Le cameraman est venu trinquer avec nous : « Pas mal pour un premier saut ! » Rien de tel pour m'encourager ! En rentrant en Suisse, je m'entraîne beaucoup sur les falaises de Lauterbrunnen, ou à côté de la maison, depuis la cascade Fionnay, ou la falaise de Chamoson. Je peaufine mes vols en wingsuit depuis l'avion et l'hélico… Au fil du temps, je gagne en précision et en maîtrise. Dans le même temps, les combinaisons deviennent de plus en plus performantes.

De son côté, Seb a prévu d'ouvrir une nouvelle voie dans la face nord du Cervin, l'emblème suisse, avec Jean Troillet. Jean est un alpiniste et guide de haute montagne suisse canadien, célèbre notamment pour être le premier homme à avoir descendu la face nord de l'Everest en snowboard en 1997. Il compte à son actif dix sommets de plus de 8 000 mètres, tous gravis en style alpin, c'est-à-dire sans cordes fixes ni oxygène. Il accompagne Seb dans ce projet ambitieux, l'assure et l'aide dans les prises de décision. À l'issue du premier jour d'ascension, Seb m'appelle depuis la face nord où ils ont suspendu leur tente de paroi. « Je voulais juste te dire "je t'aime" avant de me coucher dans mon portaledge. C'est tellement beau ici ! Je ne suis pas sûr de finir la voie. Il y a trop de chutes de pierres... » Le lendemain, ils ont renoncé à pousser jusqu'au sommet. Le risque était trop important.

En mars 2004, Sébastien veut m'emmener sur l'aiguille de l'Amône. Ce lieu est une splendeur, une magnifique face visible depuis La Fouly. Le profil de la paroi est particulièrement esthétique, une descente à fleur de vide sur 800 mètres de pente soutenue, skiée pour la première fois le 25 juin 1989 par Olivier Roduit, un guide du Val de Bagnes et grand ami de Sébastien. Ce sera une première à skis pour Seb et la deuxième descente de l'histoire de l'Amône. Une première en snowboard. Nous devons grimper depuis La Fouly. De ce point de vue, la montagne est imposante : à gauche le mont Dolent, avec l'arête Gallet et la face nord du Dolent, à droite la face nord-est de l'aiguille de l'Amône. Jacques, le propriétaire du magasin de sport du village, remarque notre manège. Nous sommes équipés comme des alpinistes… Sans rien nous dire, il décide de nous photographier durant les différentes phases de notre escapade. Nous nous dirigeons vers la cabane de l'A Neuve. Seb a prévu que nous dormions là-haut. À 2 200 mètres d'altitude, nous prenons plein ouest pour gagner le glacier de l'A Neuve et la base de l'éperon à 2 261 mètres. Au refuge, nous passons une nuit de conte de fées. Un ciel d'encre parsemé d'étoiles, le silence, Seb, la montagne et moi… C'est ici que nous tombons inexorablement amoureux. Plus tard, Seb m'offrira une bague de fiançailles. Il y a fait graver les reliefs de l'aiguille de l'Amône jusqu'au Dolent, et de petits diamants incrustés symbolisent les étoiles qui scintillaient cette nuit-là. Levés alors que l'obscurité règne encore, nous entreprenons l'ascension avant le lever du soleil. Nous faisons la trace dans la poudreuse pour atteindre la base de la face nord-est et grimper cette énorme face de 800 mètres jusqu'au sommet. L'arête est si effilée qu'il faut garder son équilibre quand nous nous équipons. Je range mes crampons et mon matériel dans mon sac à dos. Je garde mon piolet à la main pour la descente. Mon assurance-vie. Seb, en bon gentleman, m'offre la première trace. Je débute mes virages. Au sommet de l'aiguille de l'Amône, la neige est parfaite. Le sluff commence à couler. Je dois garder ma vitesse pour y échapper et ne pas la laisser m'emporter. La neige se déverse le long des barres rocheuses. Je continue sur ma gauche pour atteindre le glacier. Je me mets en sécurité et Seb s'élance. Il trace une ligne tout le long de l'arête qui arrive sur la pointe rocheuse de la falaise de l'Amône ; le sluff coule, ce qui provoque une énorme cascade de neige. L'image est magique et le bruit dingue, comme si la montagne rugissait. Lorsqu'il me rejoint, nous nous enlaçons.

De retour au village, le patron du magasin nous avoue qu'il a photographié notre exploit. Il prend notre adresse pour nous envoyer les clichés. Nous avons reçu un album entier. Sur les photos, on devine deux minuscules silhouettes sur la pente immaculée : « les deux intrus de l'Amône », comme il nous a baptisés.

Seb et moi, nous nous disons vingt-cinq fois par jour « je t'aime », comme s'il y avait une urgence à le verbaliser. Seb ne tient pas en place. Il a une boulimie de vivre. Même quand il fait un temps pourri, présageant d'un repos forcé pour lui et bienvenu pour moi, il me réveille pour aller en montagne. En réponse à mes grognements, il a cette phrase : « La montagne est toujours belle quelque part. Il faut juste trouver l'endroit où elle nous attend ! » Quand je lui demande de ralentir un peu, de ne pas tout vivre à mille à l'heure, il rétorque : « On n'a pas le temps ! »

L'été suivant, avec Seb, nous partons en Norvège, avec son van, rejoindre une amie skieuse de freeride, Karina Hollekim. Karina m'avoue qu'elle pratique le base jump, elle aussi. Nous sommes les seules femmes dans un monde exclusivement masculin, comme avec Ruth, à l'époque de l'émergence du snowboard. Cette particularité nous rapproche. Avec Seb, nous dormons au pied des montagnes ou bien face aux fjords. J'ai embarqué mon parachute. La Norvège, avec ses falaises verticales, est le temple des base jumpeurs à l'époque. Nous grimpons au sommet des différentes parois. Parfois d'autres adeptes de la discipline nous accompagnent. Les base jumpeurs et moi redescendons en volant en quelques dizaines de secondes. Seb désescalade, seul, parfois durant des heures. Depuis quelque temps, il me dit qu'il veut apprendre à voler. Notre périple en Norvège a fini de le convaincre. À notre retour, il s'inscrit au Paraclub Valais et commence sa licence. Comme il est très doué, il progresse très vite et je l'initie au base jump rapidement puis au vol en wingsuit. Et, un jour, il m'annonce : « Gé, on va ouvrir des sauts ensemble. Comme certains inaugurent des voies en alpinisme, nous allons ouvrir des vols en wingsuit. » C'est lui qui est à l'initiative de tout !

En attendant de jouer les pionnières, je poursuis ma carrière de snowboardeuse professionnelle, conditionnée par le fait de… ne surtout pas pratiquer le base jump…

Les avancées technologiques ouvrent des perspectives nouvelles. Plus de finesse de vol, plus de portance, plus de sécurité… Avec des copains du club de parachutisme de Sion, et avec Maurice, nous nous faisons régulièrement larguer près des montagnes. Nous nous en approchons le plus possible. L'un d'entre eux, passionné de photo, s'amuse à nous mitrailler en vol. Je garde précieusement quelques-uns de ses clichés. On m'y voit voler le long du relief en combinaison. Les images sont inouïes et splendides. La direction de Swatch, mon sponsor, est toujours opposée à la pratique de ma passion secrète. Mais, comme je m'entends bien avec ma *team manager*, je décide de lui montrer les clichés et de lui expliquer ma démarche. « Le base jump et la wingsuit représentent pour moi le plus beau parallèle avec le freeride. Je dessine des lignes dans le ciel comme je le fais dans la neige, avec toute la préparation et le professionnalisme que je m'évertue à appliquer au freeride en snowboard. » Elle reste bouche bée. « Mais c'est magnifique ! s'exclame-t-elle. Nous allons sortir une montre, dotée d'un altimètre et intégrant les forfaits d'accès aux pistes, ajoute-t-elle. Ce serait formidable d'utiliser l'une de tes photos de wingsuit pour promouvoir l'altimètre. Cette question fait clic dans mon cerveau : « J'aurais donc officiellement le droit de voler, en parallèle de mes compétitions de snowboard ? » Non seulement Swatch me nomme ambassadrice de sa montre Fun Boarder mais la marque organise une tournée à travers le monde. Me voilà propulsée professionnelle de base jump par ceux-là mêmes qui me le déconseillaient fortement auparavant. Nous sélectionnons ensemble les plus grands gratte-ciel dans chacune des villes où Swatch souhaite présenter la montre. Nous partons à la recherche de toutes les autorisations, en Allemagne, aux États-Unis, en Asie… Mais, le 16 mai 2005 au soir, un Norvégien se tue en sautant en parachute de la tour Eiffel ! Clandestinement, ils grimpent les étages. Lorsqu'un vigile tente de les intercepter, le jeune homme de 31 ans prend peur. Il s'élance précipitamment du deuxième étage, à 115 mètres de hauteur. Il s'écrase sur les structures métalliques du premier étage et meurt sur le coup. La tournée est annulée.

# 9

# La tour Eiffel

À peine quelques jours après la mort du Norvégien, nous sommes invités avec Seb à un mariage à Paris. Hervé, un ami base jumpeur, habitué à voler depuis les gratte-ciel, m'avait proposé plusieurs fois déjà de sauter de la tour Eiffel. Nous le retrouvons dans un café et il me demande si j'ai bien pris des habits noirs et mon parachute. Je lui réponds que non, étant donné l'accident… Il me rétorque : « Justement, personne n'imaginera qu'on puisse retenter l'expérience. C'est le moment ! » François, le futur marié, qui appartient aussi à ce milieu, me prête des vêtements sombres et son parachute. À la tombée de la nuit, Hervé et moi nous cachons dans les buissons du Champ-de-Mars. Entre deux rondes de la sécurité, nous courons jusqu'au pilier principal et commençons notre ascension. Pour éviter les caméras, nous escaladons par l'extérieur, sur la structure jusqu'au deuxième étage et nous finissons par les escaliers. Je suis terrorisée à l'idée de me faire choper par la police mais l'envie de monter là-haut est plus forte. Au sommet, des ouvriers travaillent à la lampe frontale. Il est 5 heures du matin. Le jour se lève à peine. Cachés dans l'obscurité, nous nous équipons, cuissardes, barrette de poitrine, extracteur. Puis, nous nous avançons sur la poutrelle métallique, en équilibre. Sans un bruit, Hervé me montre le terrain d'atterrissage et il s'élance en premier. À mon tour : trois, deux, un, base... à peine sous voile j'entends crier de la terre... « Regardez : des base jumpeurs ! » J'atterris. Nous avons tout prévu en mode commando. Comme convenu, Seb nous attend. Je range mon parachute dans le sac que j'ai planqué sous mon pull. Seb attrape le tout et file au volant d'une voiture. Hervé et moi nous dirigeons vers un autre véhicule. Quelques minutes plus tard, nous nous retrouvons autour d'un copieux petit-déjeuner, sur une terrasse avec une vue imprenable sur la tour Eiffel !

Je réalise ce saut avec Hervé mais c'est avec Seb que nous allons inaugurer une série de sauts inédits, en couple, dont l'aiguille du Grand Chavalard. Avec près de 2 000 mètres de dénivelé, c'est, lors de notre ouverture en 2004 et durant des années, le plus long vol effectué en wingsuit du monde. Comme, à l'époque, nous n'avons pas de GPS, nous étudions en amont les cartes de topographie, calculons les trajectoires et prévoyons une marge de sécurité. Nous ne voulons surtout pas jouer à la roulette russe. Nous montons plusieurs fois au sommet pour effectuer des mesures, repérer les meilleurs points de départ. Nous redescendons par la voie « normale », à pied, avant de recommencer en décollant avec nos parachutes de base jump pour estimer notre marge de sécurité jusqu'à l'atterrissage. Le jour où nous nous sommes sentis prêts, Seb ouvre le bal avec un départ parfait. Je le vois voler le long de la pente en dessous de moi, puis se diriger vers le canyon, là où une ligne électrique, que nous craignons, traverse la route. Seb la survole facilement et se pose tranquillement dans un énorme champ. Jusque-là, Seb a toujours fait des départs moins efficaces que les miens. Son vol me rassure. Je me dis presque : « Facile… » Grave erreur, si on veut rester en vie ! Je m'élance à mon tour. Mon départ est moins bon. Je peine à trouver le bon angle de vol. Je me retrouve trop bas. Je risque de heurter la ligne électrique. Ma seule chance c'est de prendre de la vitesse. Donc, paradoxalement, de piquer du nez. Ça marche ! J'adopte le bon angle de vol, reprends de la vitesse. Ça me permet d'aller plus loin. Je passe tout près de la ligne sans la toucher. J'en tremble. Ensuite, la pente est plus raide. Je peux ouvrir mon parachute sans risque. J'atterris dans les arbres mais sans mal. Au sol, je m'en veux. J'ai commis une énorme erreur ! Cet excès de confiance aurait pu me coûter la vie. Une belle leçon.

Après le Chavalard, nous avons le feu sacré ! Nous décidons de monter au Zinalrothorn, 4 221 mètres, avec son arête effilée et une pointe rocheuse sommitale. Seb pense que c'est réalisable, mais le glacier en dessous est plat et long. Nous projetons d'atterrir sur le glacier et de finir la descente à pied. Tout d'abord, il faut vérifier s'il y a un départ possible au sommet. Pour monter au Zinalrothorn, nous chaussons nos grosses chaussures de montagne, emportons des crampons pour la partie enneigée, des piolets, des coinceurs, des baudriers et bien sûr des cordes. Afin d'être le plus légers possible, nous utilisons des cordes en Dyneema, interdites à l'époque, pour pratiquer l'alpinisme. Alors que nous atteignons le col, Seb s'arrête. « Assieds-toi sur la corde », me dit-il, en me montrant une cordée qui descend. Je reconnais des aspirants guides, avec leurs formateurs. Ils ne doivent pas voir que Seb grimpe avec des cordes non certifiées. Je m'assieds sur la corde, sors mon sandwich, et les salue comme si de rien était… Depuis, tout le monde utilise ces cordes en Dyneema. Nous étions juste en avance sur notre temps. Au sommet, nous ne trouvons aucun départ qui nous convienne vraiment. Nous nous rendons compte que nous avons sous-estimé la longueur du glacier. Il n'est pas envisageable de voler assez loin pour atterrir en sécurité. Notre objectif est peut-être un peu trop ambitieux pour l'époque. Le manque de finesse de nos wingsuits, en 2005, ne nous permet pas d'aller très loin. Même si c'est une torture pour moi, nous redescendons à pied.

Seb, féru de très haute altitude, prépare une expédition en Himalaya avec Jean Troillet. Leur point d'orgue : l'ascension du Gasherbrum I et du Gasherbrum II. Nous allons être séparés pendant plusieurs semaines. L'acclimatation aux hautes altitudes nécessite du temps et de la patience. Quand on est dans l'action, c'est une mise en bouche aux 8 000 mètres, mais quand on est dans l'attente à l'autre bout du monde, c'est plutôt frustrant. Seb devine mon état d'esprit. Il rentre un soir, tout sourire, et me tend deux billets d'avion pour le Népal. « Surprise : tu viens avec nous jusqu'au camp de base », m'annonce-t-il. Je pleure de joie. Le voyage fut grandiose. La marche d'approche dure six jours minimum, dont les deux derniers à découvrir le gigantisme du K2, du Broad Peak et des Gasherbrum I et II. Au camp de base, je reste quelques jours à partager l'attente des prétendants au sommet, puis je les laisse à leur aventure. Avant de redescendre avec les porteurs, j'ai la chance de gravir mon premier col à 6 000 mètres. Mireille, la femme de Jean, est enceinte de jumeaux. Je la retrouve en Suisse pour vivre à distance, avec elle, l'ascension de nos deux explorateurs de maris. Ils entament l'ascension dans de bonnes conditions, mais la météo se dégrade.

Après plusieurs tentatives, ils décident de changer d'objectif. Ils quittent leur camp de base des Gasherbrum I et II pour celui du Broad Peak. Mais la neige continue de tomber. Ils doivent refaire la trace à chaque rotation vers les camps intermédiaires dans de la poudreuse qui les épuise. La montagne leur murmure : « Pas maintenant. Pas dans ces conditions. » La mort dans l'âme, ils renoncent. Une équipe d'alpinistes poursuit malgré la menace. La montagne les a engloutis. Aucun n'a survécu. Jean et Seb ont pris la bonne décision. Ils connaissent le prix du danger, tout comme celui de l'obstination. Il ne faut pas se voiler la face. Pratiquer un sport « engagé », c'est mettre sa vie en gage. Elle est suspendue aux moyens que nous mettons en place pour la préserver. S'il y a manquement, elle nous est retirée. Nous acceptons l'idée de notre finitude. Notre entourage aussi. Avec Seb, nous avons eu maintes fois cette discussion. S'il nous arrivait malheur, nous voulions être incinérés et nos cendres dispersées en montagne.

À son retour, Seb me demande en mariage. J'accepte. Nous organisons une énorme fête, le 8 juillet 2005, dans mon village d'enfance à Poliez-le-Grand. En Suisse, la tradition veut qu'une tirelire posée dans un coin de la salle de bal récolte les dons des invités lors des mariages. Avec la cagnotte constituée, les mariés s'offrent ce dont ils rêvent.

Seb et moi, en guise de voyage de noces, partons en expédition au Mali pour sauter en base jump. Nous allons aussi tourner notre premier documentaire et partager l'aventure avec Karina, mon amie norvégienne. Avec Karina – mon alter ego, nous étions les deux seules femmes à pratiquer le freeride et le base jump –, nous pouvons nous lancer dans des projets d'envergure sans qu'il existe de rivalité entre nous. Elle est ma meilleure amie encore aujourd'hui. Athlète Red Bull, Karina peut financer sa participation. Avec Seb, nous décidons de partir deux semaines avant l'équipe de tournage pour profiter, en amoureux, des falaises rouges d'Afrique. En même temps, ce sera une répétition générale des sauts que nous envisageons d'ouvrir et de filmer dans la région de Hombori. La Main de Fatima est une formation rocheuse en grès, située au sud de Tombouctou. Elle a la forme d'une main qui fait 550 mètres de vertical à son plus haut point, d'où son nom. Nous séjournons plus d'un mois au pied de ce massif aux allures de désert d'Arizona, dans le village de Daari. Pour chaque ascension, nous demandons l'autorisation au chef du village ainsi que sa bénédiction. Il se dit, là-bas, que les dieux habitent les montagnes… et qu'il ne faut surtout pas les froisser. Nous vivons au rythme des villageois : nourriture locale, douche extérieure, lit de fortune et chaleur étouffante. Certaines nuits, nous ne pouvons partager la même couche tellement nos corps chauds gênent le sommeil de l'autre.

Lors de nos ascensions, nous emportons 6 à 7 litres d'eau. Soit 6 à 7 kilos dans nos sacs qui contiennent déjà le matériel d'alpinisme, les parachutes et la wingsuit. Nous escaladons d'abord Kaga Tondo, le plus haut point de la Main. Ce fut la grimpe la plus engagée de ma vie. Nous devons franchir un surplomb à 500 mètres du sol. Je n'ose pas regarder en bas. Mais Sébastien est le premier de cordée. Je suis en totale confiance. Nous avons un sac de hissage où nous avons mis tout notre matériel pour pouvoir grimper légers. Une fois le tronçon de corde exécuté, nous hissons le sac à la force des bras. Au sommet, nous prévoyons de le jeter au pied de la falaise. Les poches d'eau vide regonflées serviront d'amortisseurs pour le matériel d'escalade. L'ascension dure neuf heures. Il fait chaud à fondre. Nous atteignons le sommet de l'aiguille au coucher du soleil. Il est trop tard pour voler et nous sommes trop fatigués. C'est d'une beauté inouïe. Nous décidons de dormir sur cette éminence. Roi et reine du monde, contemplant leur royaume. Ce fut la nuit la plus dingue de ma vie. Allongés l'un contre l'autre, nos visages tournés vers un ciel d'encre, nous admirons le ballet d'étoiles filantes. On s'amuse à tendre les bras, pensant effleurer la Voie lactée du bout de nos doigts. Impossible de dormir face à tant de beauté ! Les gens me demandent souvent pourquoi j'ai choisi une vie d'aventurière. Contrairement aux a priori, ce n'est pas pour tutoyer le danger et flirter avec la mort mais, bien au contraire, pour savourer la vie, comme ces moments rares et précieux sur le Kaga Tondo. Lorsque le soleil se lève, le vent est tombé. Seb balance notre sac de hissage du haut de la falaise, 550 mètres plus bas. Nous nous sourions, encore imprégnés de la magie de la nuit qui vient de s'écouler. Trois, deux, un, base : Seb s'élance sans wingsuit. Puis, c'est à mon tour. Je m'envole avec ma combinaison, ce qui me permet de gagner 250 mètres de dénivelé en survolant le socle du pierrier. Au même instant, un aigle, qui nichait au creux de la falaise, surgit sous moi et disparaît sans agressivité, comme pour me dire : « Tu es chez moi, petite. Ne l'oublie pas ! » À notre retour au village, je suis accueillie par les danses et les chants des villageois. Ils pensent que je suis la réincarnation de Fatima. L'une des légendes attachées à cette montagne raconte que le village a été sauvé par une femme prénommée Fatima. Lors d'une très grande sécheresse, la population et le bétail sont en danger de mort. Cette jeune femme grimpe au sommet pour implorer les dieux de faire tomber la pluie. En redescendant, elle aurait trouvé une source et rapporté l'eau au village… en volant… Dans les mois qui suivent, nous présentons notre film dans divers festivals et nous remportons prix et dotations. Grâce à cet argent, nous avons construit un puits dans ce village de Daari afin de les remercier.

De retour d'Afrique, nous commençons le tournage d'un documentaire intitulé *Pour la pureté du ride*. Durant plusieurs mois, nous sommes filmés avec plusieurs freeriders. Notre objectif : montrer au grand public la beauté du hors-piste dans une démarche de prévention. Inciter ceux qui seraient tentés de nous imiter à bien se former, à se documenter et à prendre toutes les mesures de sécurité nécessaires avant d'entreprendre de telles descentes. Durant l'hiver, nous projetons ce film à travers toute la Suisse. L'accueil est mitigé. Certains nous encensent. D'autres, essentiellement des guides, nous crucifient : « À cause de vous, des jeunes vont se tuer en freeride ! » nous reprochent-ils. C'est injuste et déprimant car Sébastien a eu l'idée de ce film pour limiter les accidents.

Ma carrière de snowboardeuse suit son cours. J'accroche à mon tableau de médailles plusieurs podiums de compétitions nationales et internationales. Avec Seb, notre vie est un rêve éveillé. Nous avons commencé une nouvelle discipline, où nous sommes équipés de skis et d'un mini parachute, ce qui permet de glisser et de voler. Ce qui s'appelle aujourd'hui du speed flying. Nous les avions bricolées avec de vieilles voiles trouvées dans la malle du centre de parachutisme. Nous devions prendre énormément de vitesse pour que ces voiles puissent nous porter. On sautait de bosse en bosse pour espérer décoller. Depuis quelque temps, nous testons les prototypes qu'un copain, développeur de parapentes, nous a confiés. Et, en effet, ils permettent de décoller vite et sont très maniables. C'est presque trop facile… Les premières voiles spécifiques pour ce sport nous ouvrent des lignes que nous ne pouvions imaginer auparavant à cause des séracs, des crevasses ou des barres rocheuses impossibles à passer sur toute leur longueur à ski ou en snowboard. Nous avons toujours rêvé de rider la face nord du Grand Combin, la montagne préférée de Seb, au milieu de ses séracs énormes. Nous décidons d'y aller. L'ascension est magnifique ; tout est parfait dans le meilleur des mondes. Son sommet est le plus haut de la vallée de Bagnes. Il culmine à 4 309 mètres : c'est notre mont Blanc à nous.

Le 30 décembre 2006, une belle journée s'annonce. Soleil radieux et vent faible, les conditions sont idéales pour une sortie en speed flying. Ce jour-là, nous nous dirigeons vers les Attelas. Nous atteignons le sommet. Une fois prête, je commence à faire le décompte pour partir. Il m'arrête net : « Stop ! Attends ! » Je me tourne vers lui. « Je voulais juste te dire que je t'aime à la folie ! » Je souris et réponds : « Moi aussi, je t'aime à la folie ! » Et je reprends le décompte et m'élance en premier. Il me suit comme à notre habitude. Alors que je me dirige vers la zone d'atterrissage, je me retourne vers lui : je le vois percuter un bloc de rochers et tomber. Nous sommes fusionnels. Ce que ressent l'un, l'autre le perçoit. C'est grave, je le devine. Je me précipite auprès de lui. Il commence à fermer les yeux et ne me répond déjà plus. Sa tête a frappé fort mais son visage est intact. Il ne présente aucune blessure apparente. Par téléphone, j'alerte les secours, qui ne mesurent peut-être pas l'urgence de mon appel. Généralement, depuis Sion, un hélicoptère met quinze minutes pour arriver à l'endroit où nous nous situons. Ce jour-là, il a mis plus d'une heure… En les attendant, je me suis assise dans la neige, sa tête posée sur mes genoux et je lui parle sans cesse. Il s'est éteint dans mes bras. La montagne nous avait rassemblés. Ce jour, elle nous a séparés à jamais.

# 10

# La reconstruction

Ma souffrance est indicible ! Une partie de moi s'est éteinte avec Sébastien. Une seconde fois, on m'a arraché le cœur, mes entrailles. Le destin m'a amputée de ce que j'avais de plus cher. Je n'ai plus rien à faire sur cette terre. Ma vie n'a plus aucun sens. Perdue, anéantie, je n'ai plus le goût à rien. Je suis blottie au fond de mon lit, sans la force de me lever. À quoi bon ? Pourquoi prendre une douche ? Pourquoi m'habiller ? Sans appétit, je ne m'alimente presque plus. Dans le chalet que nous venons de retaper, Sébastien et moi, je ne touche à rien. Sa veste, accrochée dans l'entrée, ses chaussures, posées à côté de la porte, attendent, comme moi, désespérément son retour. À la nuit tombée, l'angoisse du néant m'écrase. Pour m'assommer et sombrer dans un sommeil agité, je bois un verre de rouge. L'alcool anesthésie ma souffrance en même temps qu'il m'accorde quelques heures de répit pour débrancher mon cerveau. Surtout ne plus penser, ne plus rien éprouver. Je ne parviens plus à respirer. Je suis en apnée perpétuelle tellement la douleur me serre la poitrine. Pour le garder encore un peu auprès de moi, je dors avec ses vêtements. Au soleil levant, j'émerge de ma léthargie, imprégnée de son odeur, en espérant le trouver à mes côtés, pour lui raconter l'horrible cauchemar qui vient me torturer la nuit. Et au réveil, chaque fois la même épreuve, j'affronte la réalité : Sébastien n'est plus là !

Abasourdie, terrée dans le chalet, je sombre. Cet état de torpeur rend malade mon entourage. Encore une fois, maman sait trouver les mots. Six ans auparavant, elle a fait face à la mort d'un fils, mon frère Grégory, et ne veut pas voir sa fille engloutie par le chagrin. Meurtrie jusque dans sa chair par la perte d'un enfant, ma mère est la seule à pouvoir comprendre la sensation de néant qui m'oppresse, à deviner combien ma douleur est incommensurable, mon désespoir abyssal. Elle s'installe chez moi et me secoue : « Maintenant, tu sors de ton lit ! Tu te douches et tu t'habilles. On sort marcher en forêt, dans la neige. Bouge-toi ! » Elle me traîne littéralement et me force à arpenter la montagne. Au fil des jours, elle me réinjecte le souffle de vie qu'elle m'a insufflé à ma naissance. Immergée dans la nature, j'absorbe son énergie. En respirant à pleins poumons, je me gorge de sa force vitale. Inconsciemment, je recherche également l'épuisement physique, cet état d'abandon qui me fait sombrer, enfin, dans un sommeil réparateur. Longtemps, je ne suis retournée en montagne qu'avec l'idée de m'épuiser en pratiquant ma discipline à outrance. Je me lève à 5 heures pour monter au sommet des pistes en peaux de phoque, je ride toute la journée puis je vais faire du mur d'escalade jusqu'à 22 heures. En rentrant à la maison, je n'ai même plus la force de pleurer. Je ne perçois aucune douleur physique, comme s'il n'en existait pas de plus cruelle que ce déchirement que représente la mort de Seb. Petit à petit, la force des éléments s'insinue en moi. Peu à peu, ils apaisent mes tourments et je comprends que j'aime trop la montagne pour y renoncer.

Quatre jours après la disparition de Seb, Karina débarque de Norvège, dans un fauteuil roulant. Au mois d'août précédent, nous avions fait une démonstration de wingsuit. Elle utilisait une voile avec un nouveau système de freinage. Après avoir réalisé notre vol en formation, nous nous séparons pour ouvrir notre parachute en toute sécurité. Sous voile, Karina part en spirale et se dirige à toute vitesse vers le sol, qu'elle percute violemment. Elle s'est vue mourir. Elle perd beaucoup de sang et a les deux fémurs brisés, les genoux éclatés, les ligaments déchirés… Évacuée par hélicoptère, elle est stabilisée. Elle est opérée cinq fois dans les semaines qui suivent. On a failli lui couper une jambe à cause d'un staphylocoque doré. Les médecins lui disent qu'elle ne remarchera jamais. Je l'ai soutenue pendant tous ces mois. En décembre, elle reprenait du poids gentiment mais elle était encore très faible et donc hospitalisée. L'un de nos amis l'avait prévenue de la mort de Seb. Elle a appelé son père pour qu'il organise sa venue en Suisse, contre l'avis des médecins. Elle s'est échappée de l'hôpital et je la découvre devant chez moi : « Tu as besoin de moi. Je reste auprès de toi le temps qu'il faudra. Les médecins m'attendront », me dit-elle. Lorsque ma mère et Karina ont dû reprendre le cours de leur vie, Sébastien Collomb-Gros a pris le relais.

Si quelqu'un incarne l'amitié, c'est bien lui. Collomb est l'un de ces êtres rares, inconditionnellement à vos côtés quels que soient les coups du sort. Il vient habiter avec moi et m'emmène en montagne rider. C'est lui qui me remet au base jump. Je viens de perdre mon mari. Je suis animée par des idées morbides et il m'emmène en haut d'une falaise, celle de Chamoson, pour que je me jette dans le vide. Sacrément culotté, mon Collomb. « Je savais que tu tirerais sur la poignée de ton parachute », m'avouera-t-il plus tard. Si l'idée de me suicider avait surgi, jamais je ne l'aurais mise en œuvre en présence d'un ami et jamais en pratiquant la discipline que j'aime et que je m'applique depuis des années à défendre et à promouvoir.

Collomb saute en premier. Engourdie par des semaines de chagrin, je ne ressens rien. Même pas cette boule au ventre. Ce stress salvateur que je cultive et qui n'a rien à voir avec la panique, mais qui me place dans un état de concentration maximale. Comme un animal à sang froid, aucune émotion ne me traverse… Les vents thermiques, qui remontent le long de la paroi, caressent mon visage et font danser les mèches de cheveux qui dépassent de mon casque. Je ferme les yeux quelques instants. La dernière fois que je suis venue là, j'étais avec Sébastien. Je me revois lui donner la main. Puis, le regard sur l'horizon, je prends une grande respiration. Trois, deux, un… Le temps est suspendu. Je ressens ce bonheur de faire corps avec la montagne à nouveau. Ce moment est à nous. Chaque seconde s'apparente à l'éternité. Euphorisante, intense, grisante et apaisante. Un mélange de frissons, de joie et de sérénité. Je suis vivante ! Extrêmement vivante ! Et Seb est avec moi, tout autour de moi, en moi. Il ne me quitte pas. Il ne me quittera plus jamais !

Les cendres de Seb ont été placées dans sept fioles. Ses parents, Brigitte et Martin, en ont conservé une. Les six autres, je veux les déposer là où il le souhaitait, au sommet des montagnes que nous avions escaladées et sautées ensemble ou bien encore celles depuis lesquelles nous rêvions de nous envoler. J'ai donc de l'ouvrage devant moi. Je reprends ma pratique en partie pour tenir cette promesse.

Après cet épisode crucial, qui démontre mon attachement à la vie, Collomb ne me laisse pas le choix : « Je pars en expédition en terre de Baffin avec quatre copains, au printemps prochain. Tu viens avec moi. Je ne pars pas sans toi ! » La terre de Baffin, cinquième plus grande île du monde, est située entre le Groenland et le Canada. Au cœur du cercle arctique, sur cette zone se dressent quelques-unes des plus hautes falaises du monde. Parmi elles, le mythique Broad Peak, un mur de près de 1 800 mètres de verticale. Et entre ces différents murs de roche, des couloirs esthétiques gorgés de poudreuse. Les cinq garçons en question, tous adeptes du base jump, de ski ou de snowboard, projettent d'escalader puis de sauter de ces sommets dont certains n'ont pas encore été explorés par des base jumpeurs. Ils veulent marquer l'histoire de la discipline en effectuant les premiers vols en wingsuit. Ils envisagent aussi de rider à skis ou en snowboard certains des plus beaux couloirs du monde tels que le « Polar Star ». Comme je n'étais pas prévue au programme, Collomb impose ma présence. Et tous l'acceptent sans retenue. C'est une vraie chance pour moi. J'ai à nouveau un but, tout au moins à court terme.

# LES DÉBUTS EN BASE JUMP

© Line Prod

En 2005, au Mali, avec Sébastien, où nous réalisons notre premier documentaire avec Karina Hollekim.

Je réalise le premier vol en wingsuit de la Main de Fatima, au Mali.

© Line Prod

© James Boole

Saut en base jump à Chamoson avec Sébastien Gay, mon partenaire de vie et de montagne, disparu en 2006.

# EXPÉDITION EN TERRE DE BAFFIN 2007

Avec Ben Mazuer, Seb Collomb-Gros, Lionel Deborde, Sylvestre Condamin et Olivier Mermillod, nous ouvrons six nouveaux sommets en wingsuit dont le Broad Peak, le plus haut vol vertical au monde – 1850 mètres ! – réalisé à cette époque.

Je rayonne dans le couloir Polar Star.

Le camp de base avec vue sur le Polar Sun Spire et le Beluga.

Avec Sébastien pour l'ouverture du Seal.

Photos © Olivier Mermillod

© Freeride World Tour D. Carlier

Ma troisième victoire de l'Xtreme de Verbier, étape finale du Freeride World Tour, en 2009.

# HOLTANNA, L'AVENTURE ANTARCTIQUE 2009

Premiers sauts de base jump du continent Antarctique, en décembre 2009, des sommets de l'Holstinnd et de l'Holtanna.

Prête au grand saut, au sommet de l'Holstinnd.

Photos © Line Prod

# LES DRUS 2012

Premier saut en wingsuit du symbole alpin historique Les Drus face au Mont-Blanc. Un vol incroyable à 3 730 mètres d'altitude dans la face nord de cette montagne légendaire.

# CERVIN 2014

Le 7 juin 2014, Géraldine Fasnacht, accompagnée de son ami Julien Meyer, a réalisé une première mondiale unique en ouvrant en wingsuit le sommet emblématique du Cervin.

© Tero Repo

© Tero Repo

© Line Prod

© Bertrand Delapierre

# SNOWBOARD

Freeride dans mon paradis à Verbier.

# WINGSUIT

Vol exceptionnel de la Jungfrau (4 158 mètres d'altitude), le plus long vol du monde avec 3 150 mètres de dénivelé.

Vol en wingsuit dans les Dolomites avec Simon.

Vol incroyable de l'aiguille de la Tsa (3 668 mètres).

© Line Prod

Vol en wingsuit à Verbier.

© Karin Sidi-Ali

Projet Line & Air
avec Christina Lusti.

Désormais, toutes
mes nouvelles aventures
s'écrivent en famille.

C'est ma première grosse expédition sur la neige. J'ai bien inauguré le premier épisode de ma série d'aventures au Mali, mais c'était en été... En terre de Baffin, nous allons être exposés au froid arctique, parfois jusqu'à – 35 °C, en totale autonomie et sur une durée de six à huit semaines. On ne joue pas dans la même cour. Dans ce genre d'expédition, ta sécurité dépend de la sécurité de tous. Nous devons avoir une confiance absolue en chaque membre du groupe et être sûrs à 100 % de pouvoir compter sur les aptitudes des uns et des autres. L'équipage est composé de cadors de sports extrêmes. Benjamin Mazuer, 36 ans, est spécialiste de l'escalade. Il a effectué son premier saut en base jump en 2000 ; il est la tête pensante. Sylvestre Condamin, 35 ans, premier saut en 2001, plongeur spéléologue, garde son calme en toute circonstance. Lionel Deborde, dit Léon, 32 ans, premier saut en 2001, le dalaï-lama du groupe, apporte une forme de sagesse. Olivier Mermillod, 27 ans, ancien snowboardeur, ne saute pas, mais filmera et photographiera notre expédition. Sébastien Collomb-Gros, 26 ans, premier saut en 2003, skieur professionnel de l'extrême, mon ami, mon frère.

Sylvestre est une espèce de grande baraque, qui se veut un peu provoc et rentre-dedans. Il est très drôle mais c'est un ours. Il me met immédiatement au défi. « Ce n'est pas parce que tu es une blonde aux yeux bleus que tu ne vas pas porter les sacs, effectuer les corvées au camp de base et faire la trace comme tout le monde », me prévient-il. « Évidemment ! » je m'entends lui répondre, légèrement vexée. En moi-même, je me suis dit : « Il faut que tu t'entraînes grave pour ne pas être le maillon faible. » J'ai l'impression de revenir des années en arrière, avec mon snowboard face à Xavier Rosset. C'est grâce à ce genre de bravade que je mets un point d'honneur à sortir de ma zone de confort pour me hisser à leur échelon. Pour prétendre accompagner les cinq garçons, je dois revenir à mon meilleur niveau physique. J'ai perdu tellement de poids que mon corps est malingre et faible. Dès lors, je me prépare à bloc : je monte deux fois au sommet du Grand Combin, en plein avril, et dors sous tente en altitude pour apprivoiser le froid. Je peaufine mes sauts en wingsuit... Et surtout, je recommence à me nourrir correctement. L'alimentation est le carburant du corps. Je dois être affûtée, avoir la « caisse ». Philippe Rochat, l'ami de la famille, trouve les mots pour apaiser ma douleur. Il a perdu sa femme, Franziska, trois ans auparavant en montagne lors d'une sortie à skis. Il m'aide à reprendre du poids. Dès que je passe dans son restaurant, il me sert une assiette. Il m'arrive d'ailleurs souvent de dîner avec le personnel à 17 h 30. Pour notre expédition, il va nous concocter des plats sous vide et son fameux cake aux fruits du sportif qu'il a mis au point à la base pour Mike Horn.

Première étape du projet : réunir l'argent, 40 000 euros. Certains d'entre nous sont soutenus par quelques partenaires sportifs, mais nous tous devons puiser dans nos économies pour boucler le budget. Après trois mois de préparation à plein temps, l'équipée est fin prête. Nous avons obtenu les autorisations administratives, y compris pour un fusil à ours blanc, et déterminé la liste de provisions et de matériel. Pas moins de 350 kilos de nourriture, une tente mess pour nous retrouver et nous abriter, trois petites tentes pour dormir, et d'énormes sacs de couchage qui peuvent nous protéger jusqu'à – 40 °C. Puis, réchauds, parachutes, wingsuits, skis, snowboards, piolets, crampons, cordes, kites… Nous embarquons un maximum de jeux pour être certains de ne pas nous ennuyer les jours où nous ne pourrons pas voler ni rider. Comme lors des expéditions en Himalaya, parfois il faut attendre le bon créneau météo avant de tenter quoi que ce soit. Il arrive que cela prenne une semaine à dix jours. Si nous devons rester plantés dans nos tentes tout ce temps, nous risquons de devenir fous. Tous autant que nous sommes. Rien n'est laissé au hasard pour effectuer ce long exil polaire qui s'annonce très excitant.

Deux jours de vol sont d'abord nécessaires pour rallier, depuis la Suisse, Montréal, Ottawa et enfin

Iqaluit sur l'île de Baffin. Iqaluit est la capitale du Nunavut, le pays des Inuits. Nous finissons la première partie de notre voyage à Clyde River, un village de 800 habitants, le dernier avant les terres glacées du Grand Nord. Nous avions choisi la fin du mois d'avril 2007, date qui marque l'entrée dans une période douce sur cette partie du globe. Les hivers se déroulent dans la nuit presque totale et les températures oscillent entre – 40 et – 50 °C. À notre arrivée, il y a un grand soleil. À cette époque de l'année, il fait jour presque vingt-quatre heures sur vingt-quatre. Les températures moyennes se situent autour de – 20 °C. C'est l'été sur la banquise.

Après plusieurs jours d'immersion avec les Inuits, Adam, un gars du village, nous conduit jusqu'à l'endroit où nous installons notre camp de base, au pied du fjord Walker Arm, soit à 200 kilomètres de là, 200 kilomètres que nous parcourons en moto-neige, et c'est déjà toute une aventure en soi. En tenue de cosmonaute des terres gelées, sous un soleil radieux, mais avec un froid qui pique sévèrement, nous traversons un dédale de concrétions et de brisures de glace, d'icebergs, de failles dilatées. Sur place, nous installons notre campement à la base des falaises pour nous protéger du vent, et nous l'orientons au sud pour bénéficier de la douceur des rayons de soleil. Nous allons vivre et dormir sur une mer de glace, enneigée sur deux mètres d'épaisseur. Rien que l'idée me fascine. La tente mess sera notre lieu de vie, à la fois notre cuisine, notre salle à manger, notre salon, notre bureau, notre dépôt de matériel. Dans un coin, nous stockons nos ordures, que nous brûlons chaque semaine. Réduites en cendres, nous les rassemblons dans un sac à part pour les rapporter en zone urbaine à notre retour et ne pas polluer l'environnement. Pour ranger les navarins d'agneau, haricots blancs, émincés de veau au curry, etc. de Philippe Rochat et sa brigade, nous fabriquons notre frigo, un trou dans la glace consolidée par des briques de neige. Il ressemble à un mini igloo. Nos « tentes chambres » sont dressées à 50 mètres du mess, dans le sens du vent dominant sur les conseils des Inuits. Ainsi, les ours sentiront d'abord les victuailles avant de flairer notre odeur humaine. Ils iront s'attaquer au garde-manger et pourront se rassasier avant de se diriger, repus, vers nos chambres… Ce qui devrait nous laisser le temps de les entendre et de réagir. En terre de Baffin, les ours représentent un danger permanent. Au printemps, ces carnivores de 600 kilos sortent d'un hiver de diète. Les femelles veillent sur leurs petits et peuvent devenir agressives, et les mâles sont menaçants quand ils se sentent attaqués. Nous avons un fusil pour les repousser au besoin. Sylvestre, qui joue au chasseur trappeur, s'amuse à tirer en l'air presque tous les jours. Par conséquent, nous ne croisons aucun ours de toute l'expédition.

Ici, les repères n'existent plus, ni arbre ni maison pour évaluer les distances et les hauteurs. Autour de nous, s'offrent à nos yeux toutes les montagnes inscrites à notre programme d'expédition. À portée de crampons se dresse le Polar Sun Spire et ses 1 150 mètres de hauteur. La tour Eiffel culmine à 325 mètres et ne représente qu'un cinquième de cette falaise. Durant les dix premiers jours, la météo nous cloue au sol. Heureusement, un camp de base demande de l'entretien. Il faut produire de l'eau en faisant fondre la neige en permanence. Pour que la cohabitation soit agréable, il est impératif de ranger notre matériel. L'organisation est presque militaire. Ne rien laisser traîner car si le vent catabatique se lève, nos affaires pourraient s'envoler et être perdues à jamais. On ne peut pas se permettre de perdre le moindre outil, même pas une pelle à neige. Loin de tout, cela peut vite conduire à la catastrophe. À l'heure de se coucher, le silence règne, brisé régulièrement par le bruit du vent qui bouscule la tente, de la glace qui craque sous nos tapis de sol ou celui de l'éclat sec que produit la chute d'un bloc de pierre depuis la montagne. Parfois, les cris d'un oiseau ponctuent ce temps suspendu, ou ceux de quelques phoques qui, au loin, se manifestent.

J'ai la chance de partager ma tente avec Collomb. Il ne ronfle pas et ne sent pas mauvais. Même en expédition, dans des conditions inconfortables, j'aime me laver. Une fois par semaine, pendant une heure, les garçons me laissent la tente mess. Mike Horn nous avait prêté l'une de ses pulkas avec laquelle il a effectué la traversée du pôle Nord. J'ai transformé ce traîneau en baignoire. Je me fais chauffer de la neige, et comme une princesse, je prends ma douche. Collomb trouve l'idée agréable et salvatrice puisqu'il en profite pour faire lui aussi ses ablutions. Par conséquent, nous sentons bon tous les deux. Certains membres de l'équipe n'ont pas mis le curseur au même niveau que nous concernant l'hygiène…

Après dix jours, la météo nous autorise enfin à voler depuis le Polar Sun Spire et à tenter la première ouverture de la Walker Citadel. Scrutée depuis sa base, elle nous paraît imprenable. Gigantesque, verticale. Le chemin vers le sommet est parsemé de crevasses. À cette époque de l'année, dans ces régions et sur ces montagnes, les avalanches sont nombreuses et peu décelables. Une plaque de neige qui se désolidarise peut mesurer des centaines de mètres. Nous devons emporter notre matériel alpin tout en veillant à ne prendre que le strict nécessaire et à bien le répartir dans nos sacs, car nous l'aurons dans notre wingsuit durant tout le vol. Impossible de nous délester de nos outils au sommet : qui irait nous les récupérer ? Notre marche débute par un couloir neigeux de 1 600 mètres de dénivelé, à 35 degrés de pente, un des plus longs de la région. Il nous faut trois heures pour parvenir au plateau sommital. Olivier, le cameraman, redescend en snowboard et s'offre un splendide run dans la poudreuse. Pour les autres, c'est encore la traversée d'un énorme plateau glacier pour atteindre le bord de la falaise de la Citadel.

Une fois sur place, nous cherchons un *exit*, c'est-à-dire l'endroit propice pour sauter. Collomb repère un spot : « Tu pars direct devant. Tu enquilles à droite et tu te retrouves au-dessus du goulet, et tu descends jusqu'en bas. » À cette époque, nous ne possédons pas de laser, alors pour évaluer la faisabilité du saut, c'est la débrouille, le système D. Pour jauger notre marge de manœuvre, on jette une pierre. Si celle-ci touche la paroi au moins sept secondes plus tard, nous estimons que le saut est envisageable, étant donné notre expérience et notre maîtrise technique à tous. Au-delà, c'est encore plus sûr. Entre cinq et sept secondes, c'est possible à une seule condition : que la falaise soit très raide. Le nombre de secondes avant l'impact de la pierre sur la paroi estime notre distance verticale. En moyenne, à cinq secondes on a plus de 100 mètres. À sept secondes, on a déjà pratiquement 200 mètres. Sylvestre jette un premier caillou. On regarde nos montres et on commence à compter : 1, 2, 3… 10. Personne ne perçoit le choc du projectile sur la roche. Je me mets à plat ventre pour avoir en visuel le prochain jet de pierre, car entre le moment où le caillou tape visuellement et le moment où le son de l'impact remonte jusqu'à nos oreilles, il peut s'écouler encore une seconde. Il faut donc vraiment constater la collision de nos yeux, sinon nous pourrions ajouter à tort des secondes qui fausseraient la distance verticale. Sylvestre lance un deuxième caillou. Les garçons regardent leur montre pendant que je fixe le projectile. Je le perds de vue… et soudain : *schtak !*, le bruit sec de l'impact. « Ce n'est pas possible, s'exclame Collomb, ça fait plus de vingt secondes. » On a recommencé une troisième fois pour être sûrs de nous. Ça ne tape pas à vingt secondes mais à vingt-deux. Soit plus de 1 000 mètres de verticalité, c'était comme si on sautait depuis un avion. « Bienvenue en terre de Baffin, les amis ! » claironne Collomb.

Pleins d'entrain, nous nous équipons. Nous casons comme nous pouvons notre matériel dans nos wingsuits : piolets le long des jambes de la combinaison, cordes autour de la taille, mousquetons, bâtons. Nos grosses chaussures vont aussi lester le vol. Face à nous, un paysage blanc-bleu à perte de vue, une mer de neige jalonnée par des arêtes, dessinée sur un ciel sans nuages. Quelle beauté ! Trois, deux, un, base ! La wingsuit se gonfle en trois secondes. Je progresse à une vitesse horizontale de 170 kilomètres à l'heure et verticale de 50 kilomètres à l'heure environ.

Je plonge sur une pente imaginaire à 45 degrés. La finesse et l'aérodynamisme de nos combinaisons sont tels que nous pouvons parcourir plus de 1,5 kilomètre en sautant de 1 000 mètres d'altitude. Juste avant l'ouverture, j'adopte une position bien cambrée pour mieux saisir ma poignée de parachute et ouvrir. Au sol, on se congratule, euphoriques et heureux. De retour au camp, chacun plie soigneusement sa voile et attend patiemment le prochain départ.

Pendant plusieurs jours, le vent nous empêche de voler. Comme nous sommes venus également pour rider et que nous sommes entourés de quelques-uns des plus beaux couloirs du monde, nous attaquons notre série de descentes en freeride. Nous commençons par le plus mythique : le Polar Star, incroyable avec ses 1 100 mètres de long, ses 40 degrés de pente, et son étroitesse par endroits, 10 à 15 mètres de large seulement. Coincé entre les falaises de plus de 400 mètres de hauteur du mont Beluga, il offre une vue hallucinante sur le fjord. Le moment est sublime. Nous attendons 21 h 30 que le soleil soit dans l'alignement du couloir et qu'il illumine la pente. C'est magique ! Encore aujourd'hui, j'estime que c'est le plus beau couloir que j'ai jamais ridé. Galvanisés par cette expérience inouïe, nous décidons d'enchaîner avec les couloirs Cobra du Kiguti, deux brins en Y de 990 mètres. Un vrai kif dans cette poudreuse formée par une neige très froide.

Nous prévoyons d'effectuer notre deuxième saut depuis le Seal à 1 300 mètres altitude. Nous l'avons repéré depuis la Citadel et avons estimé six heures de marche pour atteindre son sommet. Nous ne nous étions pas trompés. Au point culminant, épuisés, nous reprenons des forces quand le mauvais temps arrive sans crier gare depuis la mer. Une vraie purée de pois enveloppe le sommet. « Quel est le con qui fait un feu dans la vallée ? » s'exclame Sylvestre, mi-blagueur mi-frustré. Nous ne pouvons pas sauter. Aveugles et figés dans le froid, nous patientons quatre heures que le brouillard se dissipe, avant de perdre espoir. Déçus et éreintés, nous décidons de redescendre à pied. Dans l'ordre des choses, l'homme n'est pas fait pour voler. Nous avons tous connu des tragédies et perdu des proches. Voler est une chance fragile. La moindre erreur ne pardonne pas. Il ne faut absolument pas forcer le destin si tout n'est pas aligné. Quelques jours plus tard, le beau temps revenu, les conditions sont parfaites et nos sauts impeccables. La pureté du panorama nous donne accès au divin. Voler dans des paysages sublimes et majestueux est une source inépuisable de bonheur.

La joie d'un saut resserre les liens. De retour au camp de base, nous fêtons notre ouverture de saut avec une soirée fondue. Je nous revois avec les bonnets et les doudounes qui ne nous quittent pas, même dans les tentes, à déguster notre repas festif et réconfortant que nous avions prévu dans nos bagages. Le moral est souvent au fond de la gamelle. C'est bien connu des aventuriers. Un mois et demi sous les tentes, ça forge les amitiés ou renforce les inimitiés, comme sur un bateau. Les tensions sont inévitables mais aussi salutaires. Heureusement, quand on grimpe des centaines de mètres de dénivelé, on n'a pas le temps de se disputer avec les autres. Cela calme direct les ardeurs batailleuses.

Durant cette expédition, nous effectuons sept sauts et en ouvrons six. Le Polar Sun Spire, le Cross Pillar, le Beluga, la Citadel, la French Touch, le Seal, et bien sûr le Broad Peak. Nous avons gardé les plus engagés pour la fin et pour prendre le temps de bien comprendre le terrain. Avant de nous atteler au Broad Peak, nous devons vaincre une nouvelle fois l'ennui. Olivier et Sylvestre pêchent sur la banquise sans grand succès… Lionel et Collomb font du ski, tirés par un cerf-volant sur le fjord. Avec un vent à plus 60 kilomètres à l'heure, ils renoncent vite, l'expérience devenant trop dangereuse. La compagne de Sébastien est médecin. Nous avons un téléphone satellite et une trousse à pharmacie. À distance, elle peut éventuellement nous conseiller pour soigner des bobos, mais en cas de blessure grave, nous sommes totalement démunis. Par conséquent, inutile de prendre le risque d'une blessure idiote qui compromettrait le reste de l'aventure.

Le mauvais temps nous paralyse au sol durant plusieurs jours. Des rafales de vent à 120 kilomètres à l'heure causent des dégâts à la tente mess que nous réparons de bric et de broc, comme les naufragés de ce désert glacé que nous sommes. Nous protégeons les tentes avec des blocs de neige pour limiter l'effet dévastateur des violentes bourrasques. Étrangement, je ne suis pas inquiète. Durant ces phases d'immobilité forcée, j'appelle ma mère grâce au téléphone satellite. Pas longtemps, car cela coûte les yeux de la tête et qu'il faut garder notre crédit en cas d'urgence pour appeler les secours. À l'époque, nous n'avons pas la possibilité d'envoyer des SMS ou des photos. Les réseaux des téléphones portables ne sont pas aussi développés qu'aujourd'hui. Encore une fois, je loue la confiance qu'elle a en moi. Ce doit être dur pour elle de ne rien savoir jusqu'à mon prochain appel. Elle se fait du souci et a la délicatesse de me cacher ses angoisses. Je lui raconte par épisodes notre périple. J'évite les informations anxiogènes et insiste sur les événements drôles et croustillants. Malgré ses craintes, en m'écoutant, elle se réjouit de me voir reprendre goût à la vie. Mes compagnons d'expédition connaissent mon histoire. Jamais ils ne m'ont regardée comme la veuve à ménager. Je suis membre de leur équipe au même titre que tous les autres. Et j'effectue ma part comme tout un chacun. Peut-être même plus que certains. Notamment pour faire la trace lors des ascensions. Sylvestre, dubitatif quant à ma condition physique au début de l'aventure, souligne mon engagement devant toute la bande. Je ne suis plus la fille de l'équipe, mais le compagnon de cordée sur qui ils peuvent compter.

Soudainement, un matin, la tempête disparaît comme elle est apparue. Sans prévenir. Pour notre ascension du Broad Peak, l'approche va se corser car les jours de mauvais temps ont apporté pas mal de neige fraîche. Notre atterrissage, prévu dans le Sam Ford Fjord, sera probablement très venté. Nous décidons de prendre des vivres pour trois jours d'autonomie, ainsi que nos sacs de couchage et les réchauds. Une fois au sommet, si nous ne pouvons pas sauter, nous n'aurons pas à redescendre les 1 200 mètres, ni à parcourir les 8 kilomètres de glacier jusqu'au camp de base, pour retenter le sommet. Le matériel prêt, nous le fixons sur nos deux pulkas et nous nous mettons en route. Après six heures de progression, nous atteignons enfin le socle du Broad Peak. Pour bâtir notre camp intermédiaire, nous creusons la neige et construisons un igloo. Notre bivouac installé, nous fermons les yeux quelques heures. Lever à 3 heures du matin. Il fait jour vingt-quatre heures sur vingt-quatre en terre de Baffin à cette période. Olivier nous regarde partir vers le sommet. Lui reste en bas, mais sa tâche ne sera pas plus aisée. Il doit rapporter, seul, les deux pulkas jusqu'au pied du glacier.

De notre côté, les derniers 1 200 mètres vers le sommet sont interminables. Nous nous enfonçons jusqu'aux hanches à certains endroits car nous avons renoncé à nous équiper de raquettes à neige : nous ne pourrions pas les loger dans notre wingsuit. La neige fraîchement tombée nous avale sur certains tronçons. Arrivés sur l'arête, la vue est démentielle. Un panorama à 360 degrés sur le Sam Ford Fjord, le Cross Pilar, le Chinese Wall et le Kiguti. Nous cherchons le meilleur endroit pour nous élancer. J'aperçois une belle pierre plate qui avance au-dessus du vide. On dirait un plongeoir de piscine. L'à-pic de la paroi semble idéal. À plat ventre sur ce promontoire rocheux, j'analyse la verticalité. Après avoir jeté deux pierres, nous avons au moins deux fois notre marge de sécurité. Le caillou tape après quatorze secondes de chute, soit environ 550 mètres de verticale sans obstacle et 1 850 mètres de paroi au total. Le saut, en lui-même, ne présente aucune difficulté technique. Il faut juste le mériter par l'âpreté de l'ascension et s'assurer que les conditions météo soient bonnes. Il n'y a pas de vent d'altitude, un peu de vent de mur et pour le vent de sol, nous distinguons à peine la manche à air que nous avons plantée sur la banquise, mais ça a l'air correct. On revêt nos wingsuits, range notre matériel et hop ! C'est Léon qui ouvre le bal, puis Collomb, Sylvestre, Ben et moi, presque simultanément.

Aucun saut n'est anodin même s'il paraît simple. En quelques millièmes de seconde, mon cerveau examine la situation : je vais faire mon plus beau départ, pousser très fort sur mes jambes car plus l'impulsion est dynamique et plus la prise d'air est rapide. Ensuite, je veille à mettre mon buste bien à plat pour m'appuyer sur l'air le mieux possible. Autant de paramètres que l'expérience me permet de gérer simultanément. La réduction du risque en base jump réside dans l'acquisition de tous ces réflexes. Savoir agir et réagir, doucement même dans l'urgence, ne pas confondre vitesse et précipitation. Chaque geste est clair, précis, presque automatique car intégré à notre corps, imprimé dans notre cerveau. Trois, deux, un… base ! Le saut est sans fin : 1 850 mètres. Et notre joie immense : nous sommes les premiers base jumpeurs à nous envoler de là-haut. Arrivés au pied de cette face énorme, nous avons de la peine à y croire. « On l'a fait ! » dit Collomb. De retour au camp de base, nos pieds trempent dans l'eau glacée. La banquise fond sous les rayons ardents du soleil du mois de mai. Notre campement risque d'être englouti. Nous devons partir avant que le fjord redevienne un bras de mer entre les falaises.

Cette expédition avec ces cinq garçons m'a reconnectée à la vie. Étant donné le niveau d'engagement de nos différentes ascensions, je n'avais pas d'autre choix que d'être à 100 % dans le moment présent. La splendeur des paysages a réveillé ma capacité d'émerveillement. Cette terre de Baffin m'a transmis sa puissance. Nous dormions sur une mer gelée. La banquise bouge, craque, respire. Parfois, un phoque sort la tête de l'eau pour respirer. La tempête, le vent, toute cette nature déchaînée m'a donné envie de vivre à nouveau. C'est comme si mes cellules, éteintes à la mort de Seb, avaient été ranimées par la force tellurique des éléments. Je m'autorise à lui survivre. Pour lui, pour moi. Au nom de notre amour. Je rentre à Verbier avec une conviction : je dois éprouver l'intensité de chaque seconde de mon existence, ressentir l'euphorie, les frissons, l'extase… Je dois porter ma vie à son incandescence.

# 11

## Tracer ma voie

Tout comme Grégory nous avait préparés à son départ, Seb a planté les jalons de son vivant pour que je poursuive ma vie sans lui. Lorsque nous réfléchissions à une aventure, il aimait garder nos projets secrets. D'abord, parce que c'était quelque chose qui nous appartenait à tous les deux et à personne d'autre. Ces expéditions étaient le prolongement de notre couple. Ensuite, parce que Seb craignait que d'autres réalisent ce que nous avions imaginé avant eux. Donc nous n'en parlions pas. À personne, même pas à nos proches pour ne pas les inquiéter.

Seb voulait relier Chamonix à Zermatt, en passant par Verbier. Cette traversée, probablement la plus célèbre des Alpes, a été inaugurée en 1903 par des membres de la Compagnie des guides de Chamonix. Baptisée la Haute Route, elle relie les deux capitales historiques de l'alpinisme par des cols de plus de

3 000 mètres et un sommet à 3 800 mètres. C'est un parcours initiatique que tout montagnard passionné veut inscrire à son carnet de courses. Seb a l'ambition de pimenter cette grande classique : il s'agit d'emprunter l'itinéraire de la Haute Route, de grimper des sommets de renom entre le mont Blanc et le Cervin, mais au lieu de désescalader, il prévoit de redescendre à skis ou en snowboard les plus belles pentes raides sur ce tracé. Collomb était venu passer quelques jours avec nous, Seb lui avait exposé notre projet. J'avais écarquillé les yeux de surprise. Plus tard, il s'était justifié, un peu mystérieux, auprès de moi : « Ça me ferait plaisir qu'il soit avec nous... » Avec le recul, je me demande s'il n'a pas mis Collomb dans la confidence pour qu'il vienne avec moi après sa disparition et pour que ce projet soit réalisé avec ou sans lui...

Par conséquent, à notre retour de la terre de Baffin, Collomb et moi, nous nous attelons à mettre au point ce que Seb avait prévu d'appeler « la Haute Route des pentes raides ». De notre voyage en Arctique, nous avons rapporté de belles images. Grâce à Jonathan Politur, un producteur parisien de Puzzle Media, nous avons réalisé un film, projeté dans plusieurs festivals. Nous avons gagné plusieurs prix. Collomb et moi commençons à nous bâtir une respectable réputation en qualité d'explorateurs.

Il nous faut plusieurs mois pour peaufiner l'itinéraire et la logistique.

En attendant, je retourne à mes premières amours : le snowboard freeride durant l'hiver, et le base jump durant l'été. À l'automne 2007, la saison de sports d'hiver reprend ses droits et je l'entame en grande pompe : je gagne la première épreuve du Freeride World Tour, aux États-Unis. Cela fait plus d'un an que je végète. Mes escapades, hors snowboard, m'ont requinquée. Je retrouve ma forme physique de haut niveau. Forte de cette première victoire, je me rends en Russie pour l'étape suivante, enthousiaste et impatiente de retrouver le plaisir de la glisse extrême. En Russie, je m'élance et je trace une superbe ligne dans le haut du parcours. Confiante, je prépare mon dernier saut, sur lequel j'arrive beaucoup trop vite. Je dépasse la zone de réception et atterris à plat devant la ligne d'arrivée. Je me déchire les ligaments croisés du genou gauche. Ma saison est finie. Je suis au fond du bac, déprimée à l'idée de passer mon hiver à la maison, à me mettre de la glace sur le genou et à regarder les autres s'amuser pendant que je me morfonds sur mon canapé, seule à la maison. Alors, je demande à mon médecin de m'envoyer très loin pour ma rééducation. C'est ainsi que je pose mes bagages au centre de rééducation pour sportifs de haut niveau de Capbreton, dans les Landes, en France. Ce séjour me fait un bien fou ! Hors de mon microcosme, personne – hormis mes médecins – ne sait que je suis veuve. Par conséquent, le regard que les gens portent sur moi est sain et neutre, sans apitoiement. On ne me définit pas uniquement par le drame que j'ai traversé. Et surtout, ils ne me demandent pas comment je vais. Deux ans se sont écoulés, mais je ne supporte toujours pas qu'on me pose la question !

La côte atlantique, une vraie bulle d'air et d'iode ! J'occupe la chambre 402, face à l'océan. Je dors les fenêtres ouvertes, qu'il fasse beau ou que la tempête sévisse. Le bruit de la houle me berce. L'énergie des vagues qui éclatent avec maestria sur le rivage me remplit de force. Avec les autres éclopés, je tisse un lien de camaraderie comme celui des enfants qui partent en colonie. Entre deux séances de rééducation, ou le week-end, nous allons aux matchs de rugby. Nous flânons, en béquilles, sur le bord de mer, ou dans les bars du centre-ville. Nous n'allons pas bien loin, mais nos intermèdes d'adolescents sur le retour nous sont salutaires. Je réapprends à me consacrer du temps, à manger correctement, à faire la sieste, à me poser, à me reposer… Je réfléchis sereinement à l'avenir. Il devient de plus en plus évident que je dois réaliser le dernier projet de Seb : réinventer le parcours mythique de la Haute Route en y ajoutant les descentes de pentes raides. Les pages du calendrier se tournent et la rééducation progresse doucement mais sûrement.

Ma convalescence achevée, de retour en Suisse, je veux absolument revenir à mon meilleur niveau pour entamer la saison d'hiver 2008-2009. Mon médecin m'en dissuade très vite : « Les deux premières épreuves, aux États-Unis et en Russie, tu oublies, m'ordonne-t-il. C'est bien trop tôt. Ton genou n'est pas prêt ! Tu peux envisager une reprise à la troisième étape, à Tignes, début mars… » Soit un an après mon accident. Pour une fois, j'obéis. J'arrive à Tignes prête à lâcher les chevaux. Tellement affûtée et en quête de sensations que cette première compétition depuis mon accident se solde par une victoire ! Je suis comblée. Galvanisée, je pense déjà à la prochaine étape, celle qui m'a conduite à devenir athlète de haut niveau : l'Xtreme de Verbier. Je vais renouer avec le Bec des Rosses comme on retrouve un vieil ami. Ma joie est de courte durée. À l'issue de l'épreuve de Tignes, l'organisation du Tour réunit tous les riders. En substance, ils nous annoncent : « Rendez-vous à Verbier, mais les filles ne partiront pas du sommet mais de la petite face à sa droite, du petit Bec. » Je manque de tomber de ma chaise. Furieuse, je m'approche de Nicolas Hale-Woods et je l'apostrophe : « Pardon ? J'ai raté un truc ? Pourquoi les filles iraient rider sur une face moins engagée ? — Parce que nous n'avons pas assez de candidates capables de s'aligner sur la grande face. » Dans mon esprit, cela équivaut à niveler la compétition par le bas. Je suis ulcérée. Si je m'inscris au Freeride World Tour depuis toutes ces années, c'est pour rider le Bec des Rosses depuis le sommet, pas pour le faire à moitié et avec moins de contraintes techniques parce que je suis une femme. Ça ne m'intéresse pas ! Je rentre à la maison extrêmement frustrée.

Le jour J, je joue la bonne élève. Mon dernier repérage me confirme qu'aucune difficulté technique à part la « *mandatory cliff* », la barre de rocher obligatoire qui porte d'ailleurs aujourd'hui mon nom, ne viendra perturber la ligne que j'ai imaginée. Je m'élance… et je gagne ! Quand Nicolas me remet le trophée, il me dit : « Alors ? Tu es quand même contente ? », comme si cette victoire allait me consoler de ma spoliation. Ma réponse fuse : « Tu crois vraiment que gagner le Bec depuis la petite face, ça a la même saveur que depuis le sommet ? » Après cette déception, je décide d'arrêter la compétition. L'épreuve reine pour laquelle je dois me qualifier durant toute la saison ne fait plus sens pour moi. Ma décision est mûrement réfléchie : pourquoi dépenser tout mon budget dans une compétition qui ne me motive plus ? Je préfère rider le Bec des Rosses depuis son sommet, hors du circuit, et investir dans mes nouveaux projets. Ça tombe bien : nous préparons la Haute Route des pentes raides.

Nous prenons le départ mi-avril 2009. Je suis très émue. Collomb aussi. Nous entreprenons le projet qui avait germé dans la tête de Seb. Notre équipage s'étoffe de nouveaux compagnons sur différentes étapes du tracé : Simon Anthamatten, Sam Anthamatten, Samuel Beaugey et Manu Pellissier, des noms de l'aventure, excellents montagnards et skieurs. Nous avons partagé seize jours de course en montagne et avalé 20 000 mètres de dénivelé. Une fois encore, je suis la seule femme de la bande, et, probablement la plus chargée en matériel, pas moins de 10 kilos. Outre mon snowboard que je trimballe sur mon dos, j'ai, en plus de mon matériel d'alpinisme, des petits skis d'approche pour que ce soit plus facile sur des grands plats et des raquettes sur des terrains plus irréguliers au pied des faces. Nous enchaînons les ascensions, les cols et les descentes de pentes raides quand la météo nous le permet. Si les conditions ne sont pas réunies, nous nous accordons une pause à la maison jusqu'au retour du beau temps.

En freeride, les pentes s'estiment à 25-30 degrés et vont jusqu'à 40 maximum. Par conséquent, on peut enchaîner facilement les virages et prendre du plaisir à faire de grandes gerbes de neige. La pente raide se définit à partir de 45 degrés et peut atteindre

55 voire 60 degrés. Et là, il n'y a absolument pas le droit à l'erreur. Sur une face en freeride, si tu tombes, tu peux t'arrêter. Dans une pente raide, si tu tombes, tu chutes jusqu'en bas, emporté par la vitesse, et tu peux y rester. En cas d'avalanche sur une pente raide, tu n'as pratiquement aucune chance ! Au sommet, avant de nous élancer, nous tapons le haut du mur avec nos skis ou nos snowboards. Si la plaque ne se décroche pas, il y a peu de risque qu'une avalanche se déclenche... mais il y a toujours des exceptions ! Le risque zéro n'existe pas.

Nous partons de l'aiguille du Midi et nous avons relié l'aiguille Verte, pour commencer notre enchaînement par le couloir Whymper, les Courtes, le couloir Barbey sur l'aiguille d'Argentière... Puis nous nous dirigeons vers l'aiguille de l'Amône... Depuis l'accident de Seb, le seul endroit où je me sens bien, c'est en montagne. Cependant, revenir à l'aiguille de l'Amône se transforme en tsunami émotionnel. Pendant toute l'ascension, les souvenirs remontent à la surface. Le plus douloureux : la nuit passée au refuge qui a scellé notre amour. Je pleure durant toute la montée. Des larmes de bonheur et de douleur. C'est un sentiment étrange : je suis heureuse d'être à nouveau là, mais en souffrance que Seb ne soit pas avec moi. Je réalise, à ce moment-là, que je dois vivre mes aventures sans lui. Pour apaiser la douleur, l'être humain se rassure à déceler des clins d'œil du destin à travers des signes anodins. Pendant cette expédition, je ressens fortement la présence de Seb. Au matin, je vois un énorme nuage en forme de cœur : je traduis que c'est une façon de manifester sa présence depuis là-haut. Je comprends, ce matin-là, que la montagne devient mon mode de communion avec ceux que j'aime là-haut. C'est une forme de méditation. C'est pourquoi en aucun cas je ne défie la mort à travers mes expéditions, bien au contraire, j'y trouve la paix et une forme de sérénité, au-delà de l'exploit. J'associe ma vie d'aventurière à une forme de philosophie. Un art de vivre qui implique de se libérer de ses peurs et d'acquérir une meilleure connaissance de soi. Une discipline qui impose de vivre le moment présent et d'être connectée à l'univers et aux éléments qui le composent. Il y a une dimension d'accomplissement personnel et peut-être même mystique qui conduit, paradoxalement, diraient certains, à une sorte de sagesse.

L'Amône, cette grande paroi raide, est recouverte de 20 centimètres de poudreuse ce jour-là. Des larmes brouillent ma vision. Je ne cherche ni à les essuyer ni à les retenir. Dans ma tête, je visualise la ligne que j'ai dessinée sur ces 800 mètres de pente. Et je m'élance. Dans ma main gauche, mon piolet, que je pourrais planter dans la neige pour éviter une chute mortelle si je commettais une erreur d'appréciation. Et ce fut divin !

À l'approche de Zermatt, nous appelons les frères Anthamatten pour terminer la Haute Route des pentes raides. Que ce soit Samuel le freerider, Simon l'alpiniste de haut niveau et pilote d'hélicoptère ou Martin, le skieur alpiniste et trailer, les trois frangins ont chacun leur spécialité et le Cervin comme jardin. Sam et Simon avaient ouvert la voie Anthamatten dans la face nord en 2008. Sam, qui connaît notre projet, souhaite participer à l'aventure sur le Breithorn et surtout le Weisshorn, qui culmine à 4 506 mètres, où nous projetons de rider une ligne encore inexplorée. Ils nous informent que les conditions sont exceptionnelles mais que nous disposons d'un créneau réduit. Pour gagner du temps et surtout avoir la meilleure neige, l'hélicoptère nous dépose au sommet du Weisshorn pour ouvrir cette fameuse ligne sur la face est. Après avoir récupéré notre matériel, nous enchaînons l'ascension du Breithorn à pied avec Simon et Sam pour rider sa face nord. Ensuite, direction le Cervin, l'ultime étape de notre projet.

Le Cervin ! Majestueuse et impressionnante pyramide, qui s'élève fièrement à 4 478 mètres d'altitude. Omniprésente dans le paysage, sa silhouette fascine autant qu'elle inspire le respect. Longtemps, le Cervin a été considéré comme insurmontable. Pourtant, le 14 juillet 1865, le Britannique Edward Whymper, accompagné de trois guides de montagne et de trois Anglais, parvint à atteindre son sommet. Seules trois personnes survécurent à la descente. Par la suite, de nombreux alpinistes iront se mesurer à ce géant de pierre. Lucy Walker, en jupe de flanelle, sera la première femme à réussir l'ascension, le 22 juillet 1871.

Dans notre programme de la Haute Route des pentes raides, nous avons prévu de dormir au pied de la face. En montant les tentes, je me sens toute petite devant ce colosse. En observant les différentes parties de la paroi, nous nous rendons compte de la difficulté de l'ascension. Il y a comme du gros sel posé sur les rochers, de la bonne neige de printemps jusqu'à la cabane Solvay, le dernier refuge. Il faut partir au milieu de la nuit car les températures vont grimper fortement le lendemain matin. Comme la paroi est à l'est, les premiers rayons du soleil ramolliront la neige. Nous risquons également les chutes de pierres. Hors de question de jouer à la bataille navale ! Lever dès 3 heures, nous entamons l'ascension de nuit. J'adore ! Quand il fait jour, on scrute l'objectif, souvent en ayant l'impression que l'on n'avance pas tant la progression peut être lente. Dans l'obscurité, c'est génial, on devine l'objectif. On doit se concentrer, être dans le moment présent et faire confiance à sa connexion avec la montagne. On reste à son rythme, dans sa bulle, sans être tenté d'accélérer. La progression à l'aveugle a des vertus.

Le jour levé, je constate que plus je monte et plus le haut du Cervin ressemble à un promontoire. Et qui dit promontoire dit départ potentiel pour voler… En arrivant au niveau de la cabane Solvay, tout en chaussant mon snowboard, j'observe avec acuité les hauteurs pour déceler un éventuel départ en base jump…

En 2009, la qualité de nos wingsuits exige 200 à 250 mètres de verticale avant de pouvoir s'appuyer sur l'air et s'éloigner de la falaise. Sauter du Cervin appartient au domaine de l'utopie mais en mon for intérieur je me dis : « Si la finesse des wingsuits s'améliore, un jour, je sauterai du Cervin ! » Et c'est ainsi que l'idée a commencé à germer juste avant de m'offrir cette descente magistrale de la face est du Cervin en snowboard.

Après la Haute Route, je me tourne vers l'Antarctique. Là-bas, il y a l'Holtanna, une montagne qui se dresse comme un gratte-ciel. Depuis mes 12 ans, j'ai accroché sa photo que j'ai découpée dans le magazine *Géo* auquel ma mère m'a abonnée. Au fil des ans, sa silhouette n'a cessé de susciter ma curiosité. Depuis notre retour de la terre de Baffin, Collomb et moi essayons de ficeler cette expédition vers le pôle Sud. Sam Beaugey, qui a rejoint notre duo pour la Haute Route des pentes raides, en rêve aussi. Sur ce continent inaccessible, à 200 kilomètres des côtes, émergent de la calotte de glace des montagnes de granit. Leur verticalité nourrit les fantasmes de tous les base jumpeurs. Avec Collomb, nous œuvrons pour convaincre des sponsors. Il faut reconnaître qu'envisager d'aller pratiquer toutes les disciplines engagées de la montagne sur un territoire inaccessible, et qui plus est où les températures frisent les – 40 °C, avec du vent catabatique à plus de 200 kilomètres à l'heure, a de quoi rendre dubitatif. Mais la plupart de mes partenaires sont enthousiastes. Nous évaluons le budget à 20 000 euros par personne. Pour le boucler, chacun loue sa maison à des vacanciers durant son absence. Se joignent à notre trio Emmanuel Pellissier – Manu –, guide, skieur et colonel, avec vingt-quatre expéditions en haute montagne à son actif. Collomb, lui, totalise quatre expéditions et moi ce sera ma troisième. Je suis toujours la seule fille du groupe mais avec sept cents sauts en base jump. Notre ambition : escalader l'Holtanna et réaliser le premier saut de falaise du continent le plus au sud de la planète.

Fin novembre 2009, nous terminons les préparatifs. Des dizaines de bidons grands comme des tonneaux de vin, tous étiquetés pour retrouver immédiatement ce dont nous aurons besoin sur les terres gelées. Des tentes aux allures de kaléidoscopes, bulles lunaires pour les naufragés de l'Antarctique que nous serons dans quelques jours. Dans nos bagages : 600 kilos de matériel et

600 kilos de nourriture pour deux rations journalières, deux cents rouleaux de papier hygiénique, des skis, snowboards, parapentes, kites et pulkas pour se déplacer, 250 mètres de cordes semi-statiques, 120 mètres de cordes de rappel et plus de 100 kilos de matériel de grimpe pour les ascensions.

Avant notre départ, nous rendons visite à Yan Giezendanner, notre routeur météo, un montagnard atteint de sclérose en plaques, qui le cloue petit à petit sur un fauteuil roulant. Voyageur immobile, il habite Chamonix et vit par procuration sa passion en aidant les plus grands alpinistes du monde à établir leur stratégie de course. Yan partage notre émerveillement à chacune de nos expéditions. Il appartient à la cordée. Nous lui montrons les photos et décryptons les images de l'Holtanna avec lui. Ainsi, il pourra affiner ses routages en fonction de la topographie et nous donnera le *go* quand il détectera une fenêtre météo. Essentiel à notre sécurité, il prend des décisions lointaines mais avec sang-froid, car déconnecté de la poussée d'adrénaline qui surgit face à l'enjeu.

Le 1er décembre, nous décollons de Genève, direction Le Cap, en Afrique du Sud. Les terres australes sont en face, vers le Grand Sud. Puis, nous embarquons dans un avion-cargo russe, un Illiouchine 76, qui nous dépose six heures plus tard sur la base russe de Novolazarevskaya. Nous atterrissons sur une piste de glace de 3 kilomètres de long. Nous voilà enfin en Antarctique sur la terre de la Reine-Maud. Pas le temps de souffler. Nous repartons presque immédiatement dans un vieux DC3, équipé de skis, qui va nous déposer au pied des montagnes à 1 800 mètres d'altitude sur un plateau glacé. C'est là que nous établissons notre camp de base. Ce sera notre résidence secondaire pour les deux mois à venir.

Ce continent glacé interdit à toute population d'y résider à longueur d'année, encore moins en hiver. Sur ses 14 millions de kilomètres carrés, le vent descendant de la calotte polaire souffle en permanence et les températures flirtent parfois avec les – 80 °C. Seuls deux mille scientifiques environ hivernent chaque année en Antarctique. Leur nombre avoisine les dix mille en période estivale.

Une fois le DC3 reparti, nous sommes seuls au monde, au cœur de l'été austral. Aucune âme qui vive sur ce haut plateau glacier, seulement nous, au pied de ces falaises orangées plantées dans la glace pour les deux prochains mois. L'Antarctique est le continent des extrêmes, 2 200 mètres d'altitude de moyenne avec un mont culminant à 4 892 mètres, le mont Vison. Entièrement recouvert de glace, il n'y a que 2 % de roches qui dépassent de cette immensité blanche qui scintille comme un miroir.

Ces 2 % de roches, ce sont les montagnes que nous allons escalader et sauter.

Le 2 décembre, nous installons notre camp de base. Nous montons nos tentes en érigeant des murs en briques de neige que nous taillons à la scie. Cette forteresse de glace nous protégera des assauts du vent. Nous utilisons le même procédé pour créer des toilettes, un bidon avec un sac-poubelle, enfouis à moitié dans la neige glacée et cachés derrière un mur de fortune. *Idem* pour le coin douche. Certains « soirs », quand le soleil sera bas sur l'horizon, nous affronterons des températures de – 35 °C à l'extérieur. Comme il y a peu d'humidité, le fond de l'air est sec, ce qui équivaut à – 20 °C dans les Alpes. En revanche, si le vent se lève, le ressenti frôle les – 45 °C. Autant dire que malgré mon attachement à l'hygiène et aux douches, je passe quelquefois mon tour, comme chacun de mes compagnons d'aventure. Le froid gèle presque instantanément la moindre trace d'humidité. Pour l'anecdote : quand nous lavons notre linge, nous le laissons sécher dehors. Après quelques minutes, nos chaussettes ressemblent à des poissons séchés et congelés. Nos vestes polaires deviennent dures comme de la pierre.

Dans la tente mess, nous aménageons un salon avec de grands matelas posés au sol, pour l'isoler du froid. Bref, nous avons tout le confort, comme à la maison, ou presque. Heureusement, car c'est ici que nous passons le plus clair de notre temps. Nous y préparons les rations et le matériel pour partir en montagne. Il y a un coin cuisine avec deux réchauds pour mitonner nos petits plats et pour produire de l'eau en permanence. Nous buvons au minimum deux litres d'eau par jour et par personne. Par conséquent, à part la nuit, il y a un préposé à la fonte de la neige pour que nous ayons suffisamment à boire en permanence.

Nous construisons également un igloo frigo. Ça peut paraître absurde en Antarctique, avec – 30 °C de température extérieure, mais étant donné qu'il fait jour pratiquement vingt-quatre heures sur vingt-quatre, le rayonnement du soleil peut carboniser notre nourriture. Ce qui serait vraiment dommage, car nous avons apporté des gourmandises préparées par l'Hôtel de Ville de Crissier, que nous voulons déguster au fur et à mesure de l'aventure, de la viande, des légumes, quelques fruits, pour ingérer un maximum de vitamines tout au long de l'expédition et… de la fondue !

Le 6 décembre, nous entamons notre série d'expéditions avec la face est de l'Holstinnd, le pilier nord de l'Holtanna, car la marche d'approche est facile d'accès. Cette voie a été ouverte par les Norvégiens vingt ans auparavant. Nous allons sauter du versant est, la paroi la plus haute et la plus raide de la région, avec 1 000 mètres de verticale. Manu et Sam partent en repérage pour sécuriser l'ascension avec la pose de cordes. Depuis la base, ça a l'air débonnaire, mais la voie est enneigée et la température, à l'ombre, descend à – 32 °C. Les pieds et les mains gèlent malgré l'effort. Six heures plus tard, ils sont au sommet. Sam et Manu sont à peine redescendus qu'une tempête nous prend d'assaut. Nous devons nous terrer à l'intérieur des tentes pendant plusieurs jours en priant que les cordes fixées à l'Holstinnd ne gèlent pas et ne soient pas endommagées pour notre future ascension.

Le 13 décembre, c'est enfin l'accalmie. Nous nous mettons en route à 5 heures du matin pour tenter notre premier saut sur la terre de la Reine-Maud. Grâce aux cordes fixées, nous grimpons sans encombre. Au sommet, je découvre un paysage bleu glacier. Une mer nébuleuse blanche de laquelle émergent des barres de granit. Pas une âme qui vive à 150 kilomètres à la ronde, excepté nous quatre... J'aperçois, minuscule, en contrebas, notre piste d'atterrissage. Nous enfilons nos wingsuits. Sam Beaugey saute le premier et hurle : « Antarctica ! » Collomb et moi, nous nous approchons du départ. Nous avons décidé de sauter ensemble. Trois, deux, un, base ! On plane côte à côte. Notre vitesse se situe autour de 40 kilomètres à l'heure en vertical et 170 kilomètres à l'heure en horizontal. On se sépare pour ouvrir notre parachute à 200 mètres du sol. Quel bonheur de voler ensemble sur cette terre magique ! Ce premier saut sera aussi notre site d'entraînement. Comme nous laissons les cordes, nous remontons régulièrement voler de là-haut. Il m'arrive même d'y aller seule quand personne ne veut m'accompagner. J'effectue sept vols depuis l'Holstinnd durant le séjour. Comme à Verbier, je finis par me sentir comme dans mon jardin.

Les jours suivant cette première en Antarctique, nous essuyons une deuxième tempête. Le vent souffle à 100 kilomètres à l'heure et la neige tombe, dense et soyeuse, qui augure de très belles sorties à skis et snowboard quand la météo se sera assagie. Ainsi, à partir du 18 décembre, nous ridons depuis les sommets du Moundlunga et du Kintana… et toutes les lignes qui nous attirent autour du camp de base.

Le 21 décembre, le soleil est au beau fixe. L'Holtanna nous tend les bras. Manu et Sam partent équiper une grande partie de la paroi, longue de 800 mètres, de cordes fixes pour mettre toutes les chances de notre côté. Le rocher est très abrasif. Le frottement des cordes sur de telles lames de rasoir pourrait les endommager, voire les rompre. De sorte qu'il est prévu que Manu et Sam installent le matériel, protègent au mieux les cordes puis redescendent. Ensuite, le trio de base jumpeurs, Sam, Collomb et moi, nous repartirons vers le sommet pour prendre notre envol dans la foulée.

Ainsi, le jour du saut, nous voyagerons léger, sans sac de couchage ni vivres ni matériel pour passer la nuit. Nous projetons d'effectuer un « one push ». C'est un pari risqué qui nous oblige à réussir l'ascension dans la journée. Si nous sommes fatigués et devons passer la nuit sur le flanc de la montagne, sans vivres, sans duvet, nos chances de nous en sortir sont minces. Cela fait plus de trois semaines que nous nous sommes acclimatés et entraînés… les risques sont limités.

Le 22 décembre, Manu et Sam arrivent au sommet de l'Holtanna. L'ascension est laborieuse. Le froid rend leurs gestes moins habiles. Elle dure vingt-sept heures. Une éternité. À leur retour, malgré la fatigue, Sam décide de dormir quelques heures avant de tenter, sans attendre, le saut depuis le sommet. Il craint que les conditions météo se dégradent et que les cordes posées s'abîment.

Le 24 décembre, veille de Noël, à 10 heures du matin, nous chaussons nos crampons et partons pour l'Holtanna. La face est encore à l'ombre. Il fait si froid que je crains de perdre mes doigts. Le thé que nous avons préparé gèle presque dans nos Thermos. Je vois sur le sol l'ombre du pilier sommital, bien vertical et impressionnant de gigantisme.

Au fur et à mesure de l'ascension, nous retirons les cordes et le matériel d'alpinisme et devenons, par conséquent, de plus en plus lourds. Au sommet, que nous atteignons à 21 heures, notre sac de hissage pèse un âne mort. Après nous être assurés de la faisabilité du saut, nous balançons le sac avec tout le matériel du haut de la falaise. Ce sera du poids en moins dans nos combinaisons. Une seule chose reste au sommet : les cendres de Sébastien. Je transportais une des fioles dans mon sac, tout près de moi, dans mon dos. Encore une fois, Seb nous honore de sa présence. L'Holtanna était l'un des endroits qu'il rêvait de découvrir. Je me devais de l'emmener. Je dépose le flacon avant de revêtir ma wingsuit. Puis, je rejoins Sam et Collomb. Trois, deux, un… Nous sautons ensemble depuis le sommet de l'Holtanna. C'est magique ! Au pied de la falaise, nous retrouvons nos affaires, éparpillées comme dans un champ de ruines après la bataille. Le sac de matériel a heurté la paroi et s'est éventré. Avant de regagner le camp, nous ramassons le tout. À 23 heures, nous sommes enfin sous la tente, pour fêter Noël. Nous avions prévu de nous offrir quelques petits cadeaux pour marquer le coup, et de manger du chocolat. Nous avions même emporté une boule à facettes pour danser au son du disco. Situation complètement incongrue mais tellement jouissive !

Le 20 janvier, c'est l'heure du départ. J'éprouve un pincement au cœur. Depuis deux jours, les larmes me montent aux yeux à l'idée de quitter cette terre, perfection de la nature et cocon de ma sérénité retrouvée. Nous retournons à la base de Novo... à pied, avec nos skis de randonnée et en tirant nos pulkas car nous n'avons pas de quoi payer le retour en avion, soit 200 kilomètres à parcourir. Comme nous avions embarqué nos kites, le vent qui souffle sur ces terres australes nous semble un merveilleux moteur de traction. Dans nos traîneaux, 80 kilos au total, avec les vivres, nos réchauds, tentes et sacs de couchage pour dix jours. Le reste du matériel, nous l'empaquetons et le laissons sur place, en prenant bien soin de noter les coordonnées GPS de l'emplacement. Les pilotes de la base russe viendront récupérer le tout lors d'une prochaine rotation qu'ils feront sur la base allemande de Neuermayer, trois semaines après notre départ. Les cinq premiers jours de marche sont éprouvants. Nous avançons lentement, un pied devant l'autre, à cause du poids des pulkas sur lesquelles nous avions bricolé un système de largage pour éviter qu'elles nous entraînent dans leur chute si elles tombaient dans une des multiples crevasses sur notre chemin. Notre moyenne : 23 kilomètres par jour. L'Holtanna, dans notre dos, ne semble pas s'éloigner d'un pouce. De plus, nous mangeons des rations lyophilisées, car il nous est impossible de cuisiner comme au camp de base.

Mon moral en prend un coup. Heureusement, le sixième jour, le vent se lève. Nous déployons nos kites. La puissance est telle qu'un seul d'entre eux peut remorquer deux personnes et deux pulkas. Nous progressons à vitesse grand V. Le septième jour, nous apercevons la base de Novo. Ma première douche n'est plus très loin !

# 12

# Les Drus

Pour financer mon aventure sur les terres australes, j'avais loué mon chalet durant l'hiver. De retour d'expédition en Antarctique, j'aspire à un peu de confort, mais je me retrouve sans toit. Influencé par son ami Philippe Rochat, mon père a finalement accepté de m'héberger dans son appartement de Verbier jusqu'à ce que je me trouve un logement. Selon notre arrangement, j'y loge seule la semaine. Il vient, comme à son habitude, y séjourner le week-end. Nous cohabitons donc pour la première fois depuis des décennies. Il me sait à l'autre bout du monde depuis des mois, mais, à son arrivée, il me salue comme si nous nous étions quittés la veille. Il ne me pose aucune question sur mon expédition. En revanche, il me tanne pour que je l'accompagne en peaux de phoque sur les pistes de Verbier. Ce que je ne fais jamais car je trouve cela bien trop dangereux avec le monde qui dévale les pentes. Mais nous n'avons jamais eu le même avis là-dessus. Je sens, au ton qu'il emploie, que je lui dois bien ça puisqu'il m'héberge gratuitement.

« Papa, je suis fatiguée. Je viens de rentrer de deux mois et demi en Antarctique. J'ai parcouru 200 kilomètres à skis et en peaux de phoque, tirant plus de 80 kilos sur ma pulka. À la fin de l'expédition, on s'est mal nourris car nous n'avions plus de légumes ni de fruits, que des lyophilisés. Mes analyses de sang montrent une carence en vitamines et en fer et même du cholestérol. Je n'ai plus d'énergie. » Bref, j'explique à mon père que je dois me reposer ! « Tu n'es pas rentrée en traîneau à chiens ? » me répond-il, à côté de la plaque. « Non, papa, en Antarctique, il n'y a pas de chiens de traîneau comme au pôle Nord. Là-bas, c'est le pôle Sud, il n'y a que des phoques et des manchots sur la côte, mais pas sur le haut plateau glacier. Là où nous nous trouvions, il n'y avait que nous. » Et puis, un soir, il rentre dans ma chambre, plein d'énergie alors que je lis tranquillement. Il vient de regarder un reportage à la télévision et a découvert notre aventure. « Alors, comme ça, tu as ouvert les premiers sauts de base jump en Antarctique ? » me lance-t-il, un peu ébahi. « Oui, papa, c'est ce que j'ai tenté de t'expliquer mais tu ne m'écoutais pas... » Il a longtemps été hors jeu et hors sujet me concernant. Non qu'il ne s'intéressât pas à sa fille, mais parce que mon mode de vie se situait en dehors de ce qu'il pouvait imaginer. Mon père ne comprenait toujours pas qu'on puisse me rémunérer pour sauter depuis des falaises avec un habit de chauve-souris ! Au-delà de cette considération, je crois surtout et profondément qu'il avait si peur pour moi, sans oser le formuler, qu'il préférait ne pas voir et ne pas savoir.

L'année 2009 qui vient de s'écouler a été une année charnière. Symboliquement d'abord, car Jean Troillet a planifié de terminer la face nord du Cervin que Seb avait rêvé d'ouvrir des années auparavant. Leur tentative avait échoué à cause des chutes de pierres rendant l'ascension trop dangereuse. Le 17 juin 2009, Jean, Martial Dumas et Jean-Yves Fredriksen entament l'ascension pour terminer la voie. Dans la confidence, je suis aux aguets dans la vallée. Jean doit me prévenir lorsqu'ils se trouveront sur le dernier tronçon. Il y a 1 000 mètres de dénivelé entre la rimaye du glacier du Cervin et le point culminant à 4 478 mètres. Grâce à mon ami Jürgen, un hélicoptère est à notre disposition, prêt à décoller. J'aurai le temps de les rejoindre pour survoler le sommet au moment où ils accompliront ce que Seb avait imaginé. Le 18 juin, le jour de mon anniversaire, Jean me donne le top. Je saute dans l'appareil avec Jürgen et maman, les larmes aux yeux. Le cœur gros et léger à la fois. Au-dessus du Cervin, alors que les trois hommes lèvent les bras en signe de victoire, je répands des pétales de roses blanches au-dessus d'eux. Puis, Jean plonge la main dans son sac à dos pour en sortir l'une des fioles contenant les cendres de Seb et la dépose au sommet. Un geste symbolique et fort. En hommage à Seb, d'un commun accord, Jean et ses compagnons de cordée vont baptiser cette voie la voie Sébastien-Gay. De retour dans la vallée, Jean-Yves, dit « Blutch », me confie sous le sceau du secret : « Je ne sais pas si c'est dû à l'hypoxie, mais j'ai déliré là-haut : j'ai trouvé des pétales de rose au sommet du Cervin… » Au-delà des émotions, cette première au Cervin sème une graine dans mon cerveau qui ne cessera de s'épanouir. Comme j'ai pris de la distance avec la compétition de snowboard, mon regard scrute toujours les cimes et les reliefs, mais avec d'autres objectifs. Réaliser des trajectoires inédites aussi bien sur la neige que dans les airs.

Jusqu'à présent, j'avais volé depuis des avions, des hélicoptères, des ponts, des immeubles, des antennes, des falaises verticales… Seb m'avait donné les clés de l'alpinisme. Nous avions commencé à planifier de nombreux projets de son vivant, pour allier les deux disciplines. Il n'était plus là pour les accomplir. Avec lui tout aurait été si facile… J'ambitionnais de grimper des sommets emblématiques pour descendre en snowboard ou voler en wingsuit. L'évolution technique des combinaisons allait m'ouvrir ces perspectives.

J'avais commencé à voler avec les Matter de Cédric Dumont qui étaient pour l'époque révolutionnaires comparées aux ailes Birdman, développées dans les années 1990 par Patrick de Gayardon. Dès 1999, Loïc Jean-Albert, un précurseur de l'univers de la wingsuit, fabrique ses propres prototypes. Parallèlement, il s'entoure d'une équipe de potes, consciencieux, avant-gardistes et habités par l'amour du vol, les Soul Flyers. Les premiers membres de cette bande, outre Loïc, sont Val Montant, Claud Remide et Stéphane Zunino. Au fil du temps, cette équipe n'a cessé d'évoluer. Certains ont quitté le groupe. D'autres l'ont rejoint, jusqu'au duo de choc, composé en 2010, Vince Reffet et Fred Fugen, dont les exploits ont enregistré des millions de vues sur les réseaux sociaux. Je n'ai jamais appartenu officiellement aux Soul Flyers, mais j'ai volé très régulièrement à leurs côtés. Avec Loïc, nous avons effectué ensemble de nombreuses démonstrations, notamment pour les Outdoor Games, largués au-dessus de l'aiguille du Midi à Chamonix. C'était à l'époque les premiers vols de proximité. Cédric Dumont, le fabricant de mes premières wingsuits, avait cessé son activité. Loïc et Zun, défricheurs des vols de proximité, perfectionnaient leurs combinaisons S-Fly pour appréhender le vol près des reliefs.

En 2010, Loïc capitalise une solide expérience en parachutisme et en base jump. Il est également pilote d'avion et d'hélicoptère. Grand, fin, il mesure près de 2 mètres. Il était fait pour voler. Zun et lui inventent des acrobaties en wingsuit, tonneaux, vols sur le dos… que j'apprends à maîtriser à leurs côtés. C'est pourquoi, assez logiquement, j'adopte leur matériel, dont la S-Fly Expert, dont l'intérieur est composé de caissons ouverts : je peux y glisser tout mon matériel, cordes, crampons, piolets… De plus, sa finesse se situe au-delà de 1,5. En clair : une chute de 1 000 mètres en vertical me permet de parcourir 1 500 mètres à l'horizontale. L'amélioration du « planer » me permet de commencer à me projeter sur des vols plus techniques, au-dessus des reliefs. J'ai un projet en gestation depuis quelque temps, un vol encore jamais tenté, depuis les Drus dans le massif du Mont-Blanc.

Visibles depuis Chamonix, les Drus ont une place à part chez les montagnards. Ces aiguilles se dressent comme des bandes de papier déchiré, collées les unes aux autres. Aucune paroi n'est droite. Toutes semblent hérissées et périlleuses. Elles représentent à elles seules le symbole de la verticalité, de l'inaccessibilité et de l'engagement en alpinisme. Il y a deux sommets distincts : le Grand Dru culmine à 3 754 mètres, et le Petit Dru, à 3 733. Ce dernier possède une paroi granitique de 1 000 mètres de haut, l'une des plus raides des Alpes. Certains tronçons de sa pente flirtent avec les 75 degrés. Foulés par les pieds de l'homme pour la première fois respectivement en 1878 et 1879, les Drus deviennent célèbres grâce au roman de Roger Frison-Roche *Premier de cordée*, et appartiennent à la mythologie alpine. Elles imposent le respect, tant pour les exploits que pour les tragédies qui s'y sont déroulées. Il faut être un alpinisme humble mais aguerri pour espérer se dresser sur ses aiguilles altières dans un corps-à-corps avec la roche. Les romans de Frison-Roche ont nourri l'imagination de générations d'alpinistes. En tant que montagnarde et base jumpeuse, ce qui a chatouillé mon imagination, c'est l'exploit réalisé par Bruno Gouvy.

Le 11 mai 1986, ce snowboardeur de 23 ans a accompli un combo improbable et extrême. Après avoir sauté en parachute depuis un hélicoptère, il se pose sur le sommet du petit Dru. De là, il descend en rappel jusqu'à la niche des Drus, une langue de neige abrupte, perchée dans la face nord en contrebas du sommet. Il y chausse son snowboard, puis dessine des virages sur cette pente raide au milieu de la paroi nord-ouest qui s'achève brutalement par le vide. Enfin, il enchaîne avec un vol en parapente pour atterrir à Chamonix. Au fur et à mesure de l'évolution technique de ma wingsuit, une petite voix me susurre à l'oreille : « Va voir là-haut, au sommet des Drus : peut-être que ça vole ! »

Dans ces années-là, un autre rêveur ailé inspire mes intrépidités, Erich Beaud. En 1984, cet alpiniste chevronné, alors qu'il grimpe le Trollveggen, l'un des *big walls* d'Europe, entend un bruit sec au-dessus de lui. Il pense à une chute de pierres. En réalité c'est un parachute qui se déploie. Carl Boenish et ses compagnons américains effectuent leurs premiers sauts en base jump en Europe. Séduit, Erich arrête l'alpinisme et se met au parachutisme. En 1987, il saute depuis un pont. Puis, en 1989, il effectue le premier vol depuis une falaise en France, dans la chaîne des Fiz, depuis le sommet du Marteau, au pied du Mont-Blanc. Erich s'est lancé dans le base jump par amour de la montagne, tout comme moi. Il a cessé de pratiquer en 2014, à 56 ans. Son mantra : être toujours dans le contrôle de ce qu'il entreprend. Il applique une méthode scrupuleuse. Tout prévoir pour être sûr que rien de fâcheux ne lui arrive. Tout mettre en œuvre pour une sécurité maximale. Pour le Marteau, il a trois parachutes : deux sur le dos et un ventral. Pas question de jouer à la roulette russe ! Loin du cliché des punks à chiens qui prennent du LSD pour sauter d'une falaise. Comme lui, je n'ai pas besoin de me droguer pour planer avant même de me jeter dans l'air. Certains se reconnaissent dans ce délire. Pas moi. Pas Erich. Ce n'est pas notre monde. Tutoyer la mort, ce n'est pas notre trip. Au contraire, notre motivation c'est d'être en montagne, de célébrer la vie, d'éprouver chaque sensation que l'air provoque sur notre corps, de ressentir le plaisir que procure la maîtrise du vol de A à Z. Nous sommes adeptes de l'apprentissage minutieux et gradué. Acquérir, étape par étape, les compétences pour diriger notre corps aussi précisément qu'un pilote de voltige aérienne manierait le manche de son avion. Erich est de cette trempe. Avec Loïc, c'est l'assemblage parfait !

Nous avions tous à cœur de faire progresser notre sport, de mieux voler, plus précisément, plus longtemps, d'améliorer la finesse de nos combinaisons. Puis, Loïc s'est blessé et il a cessé de voler. Avec Zun, nous avons continué à essayer de perfectionner les combinaisons S-Fly. Grâce à nos différents aménagements, sa finesse atteignait désormais 1,8. De plus, alors que la Matter exigeait au minimum six secondes de chute verticale avant de pouvoir avancer à l'horizontale, la S-Fly ne mettait que cinq secondes. Tout un monde quand on sait que le moindre fragment spatio-temporel nous rapproche du relief. Forts de ces avancées, nous étions un petit groupe à fantasmer sur les Drus. Mes compagnons de l'Holtanna étaient de la partie : Sébastien Collomb-Gros, le fidèle parmi les fidèles, et Sam Beaugey. Mehdi, Fred Ancey et sa compagne, avaient rejoint notre trio. Il y avait également Yves Burri, un ami wingsuiter de Verbier. Auparavant, Sam et Jérôme Ruby avaient effectué plusieurs tentatives pour ouvrir un saut depuis le petit Dru, notamment avec Jean-Noël Itzstein, celui qui m'avait vendu mon premier parachute de base jump. Sans succès. Ils avaient pourtant installé dans la face ouest une rampe de lancement déposée par hélicoptère pour pouvoir décoller au-dessus des rochers, éloignés de la paroi. Après le test du jet du caillou, ils avaient renoncé. Trop juste comme marge de manœuvre. Depuis ces essais avortés, les avancées techniques sur les nouveaux prototypes d'ailes devaient nous procurer la latitude nécessaire. C'est ce que nous voulions tous croire. Je me suis fiée à leur expérience.

Le premier week-end de septembre 2010, en route mauvaise troupe. Avec le recul, nous étions l'illustration même du dicton. À Chamonix, nous prenons le train à crémaillère du Montenvers, puis nous traversons la Mer de Glace jusqu'au niveau de l'aiguille du Moine et au refuge de la Charpoua, à 2 841 mètres. Il faut compter quatre heures de marche depuis la gare. Après une courte nuit au refuge, nous remontons le Rognon de la Charpoua en traversant le glacier au plus haut afin d'éviter les plus grosses crevasses. Il faut ensuite longer des vires, zones plates ou de pente faible au milieu des falaises verticales, remonter des couloirs, escalader des cheminées… soit encore cinq à sept heures d'efforts depuis le refuge. Nous atteignons la vire de quartz du Petit Dru après deux jours d'ascension dans les jambes. Et là, je regarde en bas et j'ai peur ! Une boule au ventre. Il ne s'agit pas du trac salutaire qui précède l'entrée en scène, celui qui vérifie inconsciemment que tous les paramètres sont bien alignés. Non, c'est une angoisse, une mauvaise peur : un truc cloche ! En plongeant mon regard vers le bas, je découvre une montagne avec des reliefs agressifs. Depuis mon point de vue, le rocher me fait paniquer. Puis, je comprends ce qui ne va pas ! Je n'ai pas pensé à m'entraîner à voler sur des parois avec un visuel aussi agressif ! Je n'étais pas prête, je ne pouvais pas voler. Nous nous regardons, guettant dans le regard de l'autre celui qui osera prendre l'initiative. Au plus profond de mes tripes, je sens que je ne suis pas à ma place. Sam propose alors de descendre en contrebas avec Collomb. « Il y a une partie plus verticale… », dit-il. Il décide de descendre en rappel. Je le suis alors que le brouillard commence à monter le long de la face ouest. Une pierre se décroche. Je crie : « Attention caillou », pour que Sam se protège. Il jette un regard vers moi, ébloui par le soleil qui se trouve au zénith, il ne peut éviter le projectile. Comme il porte un casque de parachutisme qui ne recouvre pas complètement sa boîte crânienne, la pierre lui ouvre le front. Sam pisse le sang, accroché au milieu de la face ouest des Drus. Il n'est pas bien brillant et nous non plus. Nous n'avons pas d'autre choix que d'appeler le peloton de gendarmerie de haute montagne (PGHM), qui déclenche immédiatement les secours. En attendant leur arrivée sur place, avec Collomb nous préparons Sam afin qu'ils puissent l'hélitreuiller et le transporter sans attendre à l'hôpital. Je suis en état de choc, le PGHM m'évacue avec lui. Et le reste de l'équipe se retrouve bloqué au sommet des Drus par le brouillard désormais bien présent. Comme des montagnards trop fiers, quand le PGHM leur demande s'ils veulent aussi être évacués, ils ont dit : « Non, c'est bon, on va rester là et redescendre demain. » Robinsons des montagnes, ils sont ainsi contraints de dormir sur la vire de quartz et de redescendre le lendemain matin, fatigués et penauds, en rappel et à pied.

C'est une expérience aussi catastrophique que salutaire. Nous ne nous étions pas assez préparés. Nous avions sous-estimé la difficulté et n'avions pas assez éprouvé nos sauts depuis des terrains aussi escarpés que les Drus. Quelques mois plus tard, le Russe Valery Rozov prend son envol depuis le promontoire que Sam voulait atteindre au moment de l'accident. Nous sommes tous un peu verts de déception. Nous l'avions imaginé et c'est un autre qui l'a fait. En moi-même, je me dis comme une gamine à qui on a confisqué son jouet : « Pas grave. J'ouvrirai les Drus depuis le sommet, le vrai, et pas de 400 mètres plus bas ! » Après réflexion, cette rencontre ratée avec les Drus est mon plus bel échec. Plus jamais je ne partirai la fleur au fusil dans une aventure que je ne maîtrise pas totalement.

J'aime trop la vie ! Elle a trop de valeur pour que je joue avec sa fragilité. J'ai besoin de tout maîtriser pour tenter un nouveau vol.

Les pages du calendrier se tournent et avec Zun, malgré nos efforts, nous ne parvenons pas à perfectionner les S-Fly. Nous nous trouvons dans une impasse qui génère de la frustration. Après moult discussions sur le sujet, et face à mes interrogations, Cathy, l'ex-femme de Loïc Jean-Albert, me dit : « Tu n'arrives peut-être pas à voler avec cette combinaison… ? » Cette phrase, au lieu de me vexer, me libère. Effectivement, probablement que cette wingsuit ne convient pas à mes aspirations, car je n'améliore ni ma finesse ni ma qualité de vol alors que ces progrès techniques sont absolument nécessaires si j'envisage de sauter depuis les Drus. Le hasard convoque souvent le destin… Peu de temps après cette discussion, je me rends aux Houches, chez Jean-Noël. L'homme qui m'a vendu mon premier parachute de base jump possède une panoplie de combinaisons dans son atelier d'AdrénalinBase. Mon regard est attiré par l'une d'elles, pendue à un cintre sur la porte d'entrée. À son design, je devine qu'elle est probablement révolutionnaire. Pour l'époque, tout du moins. Elle a quelque chose en plus, sans que je puisse le définir précisément à l'œil nu. « On dirait que c'est ma taille ! » dis-je à Ludo qui bosse avec lui, sur un ton mi-sérieux mi-plaisantin.

« Oui », répond-il, amusé. Du tac au tac, je lui demande : « Je peux l'essayer ? — Tu peux, m'autorise-t-il, complice. C'est la nouvelle Venom de chez Phoenix-Fly », précise-t-il.

Je me sens comme une enfant qui reçoit son nouveau jouet ! Je pars l'essayer depuis un avion pour voir si je me sens en sécurité puis depuis une falaise sur un saut que je connais bien. Le départ de vol s'avère bien meilleur. La pression des ailes aussi. Je chute moins longtemps à la verticale et j'épouse une configuration de vol plus rapidement. La finesse se révèle bien plus importante. Contrairement à la S-Fly, dont les ailes sont toutes connectées les unes aux autres, celles de la Venom sont compartimentées. Il y a des clapets qui retiennent l'air qui s'y engouffre. Sur les bras, des petits morceaux de mousse dessinent un profil plus lisse, plus aérodynamique du bord d'attaque. Des baguettes prolongent les mains pour allonger encore les ailes. Elle est profilée de façon à limiter les turbulences à l'arrière de l'aile.

L'essayer, c'est l'adopter ! Pour la fiabiliser, je m'entraîne sur des sauts que j'avais l'habitude d'exécuter avec la S-Fly. Je constate que je dépasse de loin ma zone d'atterrissage et que j'ouvre mon parachute beaucoup plus haut. En clair, je vole mieux et plus longtemps, j'ai une marge de sécurité beaucoup plus importante qu'avant. Je peux désormais envisager des sauts plus techniques, avec du relief plus marqué. Pour valider ce que je ressens, je décide de voler avec un GPS sur mon casque. Avec les données collectées, j'utilise un logiciel afin de voir ma position à chaque seconde de vol. Celles-ci confirment que cette combinaison est bien plus performante que les précédentes, avec 2,3 de finesse. C'est avec elle que je vais pouvoir ouvrir le sommet des Drus !

Quatre ans après la mort de Seb, j'habite toujours notre chalet, dans le village de Champsec, d'où il était originaire. Seb avait suivi une formation de maçon en même temps que ses études de guide de haute montagne. Nous avions rénové cette vieille maison en petit nid douillet et nous comptions retaper la grange plus tard, lorsque nous aurions envie de fonder une famille. Malgré sa disparition, j'ai à cœur de finaliser notre projet. Étant désormais seule, les plans ont un peu changé. J'envisage d'y créer trois appartements pour les louer et m'assurer un revenu. À la même époque, un très bon ami, Julien Meyer, souhaite s'installer en Valais. Nous nous sommes rencontrés en 2004. Julien, solide montagnard, est snowboarder, freerider et base jumper, comme moi. Nous avions effectué pas mal de trips ensemble. « Je cherche un job vers chez toi », me confie-t-il un jour au détour d'une conversation. « J'en ai un pour toi », lui dis-je tout de go. Julien

est bricoleur et électricien. « Je cherche quelqu'un de confiance pour restaurer ma grange avec moi. Je peux te loger, à terme, dans l'un des appartements créés. » J'ajoute, pour l'appâter un peu plus : « Pendant notre temps libre, nous irons rider et voler…
— Super idée ! » clame-t-il. Ni une ni deux, le voilà qui débarque ! Il ne sait pas réellement ce qui l'attend. Au début, il campe dans la grange, où il n'y a ni cuisine ni salle de bains ni chauffage. Nous commençons nos travaux par l'isolation pour qu'il puisse avoir un peu de confort…

Les journées s'écoulent comme nous les aimons. Nous nous levons à 5 heures du matin et partons en montagne. On marche, grimpe, on profite du paysage et on se remplit de l'énergie de la nature. Puis, on saute pour redescendre et être de retour sur le chantier vers 8 h 30, 9 h 30 au plus tard. On se met à l'ouvrage jusqu'à midi. Nous profitons de la pause déjeuner pour plier nos parachutes avant de remettre les mains dans le ciment et le plâtre jusqu'à 16 heures, heure à laquelle nous repartons en montagne pour voler à nouveau. Des artisans de plusieurs corps de métiers nous aident pour le gros œuvre comme le drainage du bâtiment, la pose de la charpente… Mais l'électricité, les boiseries, le montage des cloisons, le carrelage, l'installation des cuisines… nous les façonnons à la force de nos bras. Très vite, l'évidence me saute aux yeux : c'est avec

Julien que je dois ouvrir les Drus. Et avec personne d'autre ! Mais il est réticent. Quand je lui parle de la Venom et de ses performances en termes de finesse et de précision, il tend l'oreille mais reste dubitatif. Il vient de recevoir sa nouvelle combinaison, la Vampire de Phoenix-Fly. Je le rassure en précisant qu'il est hors de question, cette fois-ci, d'y aller sans se préparer. Je ne veux surtout pas me retrouver dans la situation cauchemardesque de la précédente tentative. Petit à petit, il se laisse convaincre : « Je viens voir ! » dit-il.

Cette Venom est une vraie révélation ! La S-Fly possédait une finesse de 1,8. Les départs étaient, avec le recul, assez médiocres. Il fallait pousser très fort sur les jambes pour s'éloigner de la paroi et attendre au moins cinq secondes avant d'être porté par la wingsuit dans l'air. De plus, il fallait gainer tout son corps de la tête jusqu'au bout des ongles pour éviter que la combinaison flotte. Avec la Venom, au bout de trois secondes, je vole ! C'est fou ! Au rythme de plusieurs sauts par semaine, nous nous entraînons sur des sommets qui s'apparentent au relief des Drus, à différentes heures de la journée, en nous filmant l'un l'autre pour analyser ensuite nos vidéos. Nous étudions tous les vents et en particulier les thermiques, ces vents chauds porteurs qui remontent le long de la falaise. Nous observons que nos vols se déroulent bien plus haut que nos passages précédents avec les anciennes wingsuits. Le pilotage est plus fin, plus précis : nous augmentons notre marge de manœuvre et de sécurité. Comme j'ai équipé mon casque d'un GPS qui enregistre chaque saut effectué, ses paramètres me restituent la finesse de chaque vol, depuis la poussée sur les pieds jusqu'à l'atterrissage. Grâce à ces données, je peux factuellement étudier la faisabilité de l'ouverture des Drus. Je retire de l'analyse les meilleurs et les pires sauts et je fais une moyenne. Pour éviter toute improvisation, et pour savoir si je peux voler au-dessus des Drus, mon pire vol me servira d'étalon. Les chiffres confirment notre expérimentation. Forts de ces données, nous dressons notre plan de vol, altitude, finesse, trajectoire. L'ouverture des Drus devient possible, car quasi scientifiquement étayée !

Par ailleurs, depuis quelques mois, un assemblage de tôles, de câbles et d'essieux a rallumé en moi la flamme de devenir pilote d'avion. Sur l'aérodrome de Sallanches, en France, j'avais découvert un ULM, un ultraléger motorisé. Pas un ULM pendulaire, sorte de chariot suspendu sous une aile de deltaplane, connu du grand public. Mais un ULM 3 axes. Ce n'est pas un avion mais ça y ressemble fortement. Je ne l'avais pas claironné, mais j'avais passé ma licence. Depuis, grâce à ce petit avion léger et maniable, je survole les reliefs pour repérer les trajectoires possibles sur les flancs de montagnes, des falaises encore inexplorées. Pour ne rien laisser au hasard, je contacte le guide qui avait accompagné Bruno Gouvy dans son périple aux Drus. Il connaît parfaitement le terrain et m'assure que pour descendre en rappel jusqu'à la niche qu'il avait ridée en snowboard, il a utilisé 140 mètres de corde. Selon lui, le degré de pente, à cet endroit, se situe aux alentours de 55 à 60 degrés. Avec ma Venom et une bonne poussée sur les jambes au départ, je suis certaine que je vole bien largement au-dessus de la niche. Tout concorde : l'ouverture des Drus est à notre portée. Il ne nous reste plus qu'à attendre le bon créneau météo. Yan, mon fidèle routeur, guette les trouées entre les dépressions. Après des mois de patience, une fenêtre se présente. Aux aurores, Julien et moi avançons quelques travaux dans la grange avant de donner les consignes aux ouvriers qui arrivent de bonne heure sur le chantier. Sans rien préciser de nos projets, nous nous éclipsons en fin de matinée en leur disant que nous serons de retour dans deux jours. Comme lors de la première tentative, nous emprunterons la voie normale des Drus pour gagner le sommet. D'abord direction Montenvers pour parvenir au refuge de la Charpoua. Sam Beaugey, qui ne pratique plus le base jump depuis un accident et une blessure sérieuse à la suite d'un saut, connaît bien l'ascension, il nous accompagne, ainsi que David Autheman, cameraman pour TV Mountain et montagnard aguerri. Ils nous assureront à la montée et redescendront une grande partie de notre matériel d'alpinisme si nous parvenons à ouvrir ce sommet emblématique. Ça nous délestera d'un poids non négligeable afin d'être sûr d'avoir un bon départ pour notre envol. La nuit au refuge est chaotique, avec trois gros ronfleurs autour de moi… pas moyen de fermer l'œil ! Point de repos réparateur. Qu'importe. Au milieu de la nuit, nous entreprenons l'ascension. Dans le noir le plus intense, nous progressons à la lueur de nos lampes frontales. Dans nos sacs à dos, nos parachutes, nos wingsuits, de quoi boire et manger. Soit près de 16 kilos, auxquels il faut ajouter, accroché à notre baudrier, le matériel d'alpinisme, mousquetons, coinceurs, cordes, etc. À l'Holtanna, les parois étaient bien verticales, nous pouvions utiliser des sacs de hissage pour nous soulager d'une partie du matériel à la montée. La voie escarpée des Drus et les pierres instables nous l'interdisent. À l'approche du sommet, un nuage accroché aux cimes altère notre enthousiasme. Si nous n'avons pas de visibilité, nous n'aurons plus qu'à redescendre par où nous sommes arrivés. Par voie terrestre : tout ce que je déteste et qui m'angoisse. En montagne, le retour dans la vallée demande presque autant d'efforts voire plus que la montée. L'ascension entame les batteries. Le coup de pompe nous guette. Il faut rester concentrés : le danger est partout.

Je téléphone à Yan. « Le nuage est collé à la paroi au-dessus de vous. Je vous surveille depuis chez moi. D'après mes calculs, il va partir le temps de franchir vos derniers mètres. Au sommet, les conditions sont optimales », nous rassure-t-il. Alors, nous reprenons la route vers le sommet. Une fois celui-ci atteint, nous déposons nos sacs au pied de la statue de la Vierge, Notre-Dame des Drus. Face au Mont-Blanc, elle veille comme une sentinelle sur le massif et ses aventureux.

Je m'étire les jambes, les bras et le dos. Comme l'avait prédit Yan, pas un pet de vent et un grand soleil dans le ciel bleu. Nous voulons en profiter. Sans retirer mon baudrier ni mon casque, je m'allonge le long d'un plongeoir naturel de pierre. En toile de fond, le Mont-Blanc et la Mer de Glace. La perspective me plonge dans le même conflit qu'il y a deux ans. La pente de la niche de Gouvy a beau faire 55 degrés, j'ai le sentiment que le relief est plat et me saute au visage. À 20 mètres, je détecte une première vire avec de gros blocs de roche. Puis, en dessous, le mur de la face nord, bien présent, avec une deuxième vire. Confrontées à ces éléments tangibles, mes craintes se dissipent. Cette fois-ci, j'éprouve le trac, l'appréhension des moments cruciaux. Je respire profondément, calmement. Les battements de mon cœur, un temps assourdissants, ralentissent. J'effectue le traditionnel jet de pierre : zéro, un, deux, trois, quatre, cinq… *schtak*, le caillou s'écrase dans un bruit sec en cinq secondes et demie sur la deuxième vire. Soit un peu plus de 130 mètres de verticale. Le guide avait raison à 10 mètres près. Je sais grâce à nos entraînements que ma Venom vole en trois secondes. Si nous donnons une bonne poussée de départ, nous avons deux secondes et demie de marge de sécurité. Si, en plus de ma poussée, je me mets dans l'angle exact pour une mise en vol rapide, je passe sans problème la première vire et planerai bien avant la niche. Julien fait le test à son tour. Laps de temps confirmé : cinq secondes et demie. Julien me regarde et me lance : « Je pars de là », comme si attendre lui donnerait l'opportunité de renoncer. Pour ne pas le contrarier, je lui cède la priorité : « OK. Je partirai en second. » Julien ne prononce plus un mot. Il se concentre, se positionne sur le bout du promontoire et répète une dernière fois le déploiement de sa combinaison avec ses bras. « Allez », lâche-t-il comme pour s'encourager. Il inspire puis expire bruyamment pour chasser l'air de ses poumons en même temps que les dernières tensions musculaires. « Trois, deux, un, base. » Un bruissement d'ailes dans le vent… puis, Julien pousse un cri de joie et de soulagement qui déchire la vallée. Je le suis des yeux jusqu'au point d'atterrissage, un pan d'herbes près du glacier du Montenvers.

Pas le temps de laisser les émotions m'envahir, c'est à mon tour, je suis impatiente et sereine à la fois. Julien a volé sans encombre, respectant notre plan de vol. « Trois, deux, un, base. » Je pousse fort sur mes jambes et ma combinaison se gonfle instantanément. Mon corps s'appuie sur l'air. Je vois la face nord des Drus défiler devant mes yeux. Sous moi, j'aperçois, en un millième de seconde, la niche de neige descendue en snowboard par Gouvy. Je devine la ténébreuse paroi derrière moi qui s'éloigne. Je vole. Je vire à gauche pour embrasser la face ouest. Je voyage au-dessus de l'arête des Flammes de Pierre et j'effectue un virage à droite, le chemin de la Charpoua se déroule sous moi. Je vole comme un oiseau dans le cirque des Drus ! « Youhou ! » Enfin, j'atterris devant la Mer de Glace. Je m'entends crier : « C'est fou ! On a sauté les Drus ! », alors que je me jette dans les bras de Julien. Sam, qui m'appelle, en a la larme à l'œil. Je l'entends dans sa voix. Les effusions terminées, nous devons redescendre sans tarder. Demain, nous avons du pain sur la planche, une maison à construire.

Après une bonne nuit réparatrice, à 7 h 30, le lendemain, nous sommes sur le chantier. Les ouvriers ont l'habitude de travailler avec la radio en bruit de fond. Au flash de 8 heures, le présentateur annonce les titres : « Géraldine Fasnacht et Julien Meyer ont ouvert hier les Drus en wingsuit. Une première mondiale après deux jours d'ascension. » La nouvelle fait déjà le tour des rédactions. Les ouvriers stoppent leur ouvrage. « Géraldine et Julien, c'est bien vous ? » me demande l'un d'eux. Je lui réponds, interloquée : « Oui, pourquoi ? — C'est vous qui avez sauté des Drus hier ? » rebondit un autre. « Oui », j'ajoute avec un sourire. « Vous avez quitté le chantier il y a deux jours pour grimper les Drus et sauter en wingsuit depuis le sommet ? » insiste-t-il pour être sûr de bien comprendre. « Oui », dis-je pour la troisième fois. « Et vous reprenez les travaux ce matin ? » me questionne-t-il encore. « Eh oui pourquoi ? On a du boulot, non ? » dis-je pour conclure.

# 13

# Le Cervin

Sa silhouette hante mes rêves depuis l'enfance. Pyramide reconnaissable entre mille, au milieu d'un amas de roches, de glace et de neige, au cœur des Alpes, le Cervin se dresse à 4 478 mètres. C'est le sommet le plus célèbre de Suisse. Son ouverture par l'arête Hörnli, le 14 juillet 1865, est considérée comme le dernier des grands exploits de l'alpinisme dans les Alpes. L'expédition, menée par Edward Whymper, se solde, au début de la descente, par la mort de quatre des sept membres de la cordée victorieuse. Aujourd'hui encore, le Cervin, bien que n'étant pas le plus difficile des sommets à gravir, est la montagne suisse où le plus grand nombre d'alpinistes ont laissé la vie. Sa face nord est l'une des trois grandes faces nord des Alpes, avec celles de l'Eiger et des Grandes Jorasses.

Le Cervin terrifie et attire. Parce qu'il semble inaccessible, il fascine les montagnards en quête de pureté. Seb était de ceux-là. Le Cervin a toujours occupé ses pensées. Il occupe désormais les miennes. « On pourra un jour décoller depuis son sommet », avait-il prédit.

Depuis la Haute Route des pentes raides, cette idée me taraude. À force d'étudier cette montagne sous tous les angles, je connais la moindre de ses courbes et de ses aspérités.

En 2013, je pratique le base jump depuis une douzaine d'années. Mes combinaisons sont désormais des confections haute couture. Les 25 mètres carrés de tissu sont cousus au centimètre près, d'après mes mensurations et mes indications. Le 13 mai 2013, Robert Pecnik, qui a créé la marque Phoenix-Fly, me livre un nouveau prototype. Depuis des mois, nous testons et améliorons ensemble ses performances. Nous avons rendez-vous à l'aérodrome de Sion où j'ai réservé un hélicoptère. Je suis très excitée de découvrir mon nouveau jouet. Alors que Robert déploie l'aile dans le hangar, je découvre avec malice qu'il a cédé à mes exigences : ma wingsuit est blanche aux ailes roses. J'ai décidé que ma combinaison porterait ma couleur fétiche, celle de mes ongles vernis, depuis le jour, où, alors que je m'apprête à décoller du sommet de l'aiguille du Midi, j'entends un papa dire à ses enfants : « Regardez, le mec là-bas, il va sauter en wingsuit ! » Agacée, j'ai envie de lui crier : « Il n'y a pas que des hommes qui volent en wingsuit ! » Enfant, j'ai voulu me fondre dans la masse pour appartenir au clan des garçons, mais aujourd'hui, je ressens le besoin de montrer que les femmes ont aussi leur place. Au milieu des autres wingsuiteurs, mon aile rose et blanc est ma signature, celle de la femme oiseau, comme on me surnomme désormais. « Même la fermeture éclair est rose ! » souligne Robert avant de détailler les innovations. « La surface de l'aile est plus large et le profil est dessiné de façon à te donner plus de vitesse. Les entrées d'air sont plus grandes. L'air pénètre plus rapidement pour des départs de meilleure qualité avec un vol plus rapide. » J'aperçois des ailerons au niveau des pieds. « C'est ce dont je suis le plus fier, précise Robert. Ils évitent de dériver lorsque tu tournes et donnent plus de stabilité. » Je souris comme une enfant à qui le père Noël vient d'offrir ses cadeaux. J'ai hâte de l'essayer. Sans attendre, je l'enfile. Je prends soin de glisser mon téléphone portable dans la poche que Robert a prévue à cet effet. « C'est le détail que je préfère », lui dis-je en rigolant.

L'hélicoptère nous emmène au-dessus du Haut de Cry, un terrain que je survole régulièrement en base jump et où je sais à quelle altitude je peux attaquer le relief. Robert et moi sortons sur les patins de l'appareil, debout en équilibre au-dessus du vide. Je saute. Il me suit. J'entends le sifflement de l'air que je fends à toute allure. Ma tresse de cheveux tressaute au vent. Je pique du nez pour prendre de la vitesse. L'accélération me sidère, ainsi que la stabilité optimisée par les ailerons. Mes virages sont bien plus précis. Robert vole derrière moi et m'observe. À l'atterrissage, je lui fais part de mes observations.

Il me demande si je n'ai pas trop mal aux bras. « Absolument pas ! » Ce détail est de taille. Quand on grimpe des heures, voire des jours et des nuits avant d'atteindre un sommet, on arrive émoussé par l'effort. Si la wingsuit me sollicite moins physiquement, c'est une sécurité supplémentaire pour effectuer mon vol et ouvrir mon parachute. Test validé ! Robert ajoute : « Je t'ai créé plusieurs poches pour ranger ton matériel d'alpinisme ! » Cela me fait rire car depuis la préparation de mon aventure aux Drus, je lui avais demandé de prévoir du rangement dans ma wingsuit afin de stocker mon matériel. Mais, comme j'étais la seule adepte à exiger cela, il n'en voyait aucune utilité, ni le marché qui pourrait potentiellement s'ouvrir devant lui. À cette époque, il ne pensait pas que d'autres un jour iraient explorer et s'aventurer comme moi depuis des sommets en altitude pour voler à la descente. Cette fois, il a enfin accédé à ma demande.

Grâce à cette aile, je peux sérieusement envisager mon projet du Cervin. J'ai besoin de 100 mètres de verticale pour que mon aile commence à voler. J'en parle à Julien Meyer, mon ami et complice des Drus. Après cette première, nous avions ouvert de nombreux sauts dans les Alpes suisses. Je lui débriefe mon vol d'essai. Je lui résume en quelques mots, un peu provocatrice : « Ta combi, tu peux la brûler tellement la nouvelle vole bien. » Sur mon ordinateur, je lui montre une carte en 3D du sommet du Cervin : « Avec cette wingsuit, je suis sûre que ça saute depuis le sommet ! » Je lui indique trois éventuels points de départ que j'ai repérés. Il sourit, devinant où je veux en venir. « C'est un peu court, dit-il, peu rassuré. Il y a des vires partout. » Je sais que sur la dernière partie de l'ascension il y a 100 mètres de cordes fixes. Sébastien m'en avait parlé lorsqu'il évoquait un éventuel saut. Avec son ami et compagnon de cordée Claude-Alain Gailland, ils s'étaient rendus exactement à l'endroit d'où j'estime que l'on peut sauter, pour descendre en rappel quand il avait effectué l'arête valaisanne. Donc si c'est bien le cas, il y a je pense 100 mètres de verticale minimum.

Julien et moi tombons d'accord : nous n'avons pas d'autre solution que de monter au sommet et de nous rendre compte sur place de la faisabilité du projet. « Tu nous imagines enrouler l'arête Hörnli et tourner autour du Cervin, lui dis-je pour le motiver. Au pire, on monte au sommet et on redescend à pied. On aura fait le Cervin une fois dans notre vie… » Je ne suis alors jamais montée plus haut que la cabane Solvay, située à 4 000 mètres. Atteindre le sommet pour la première fois de ma vie est en soi un périple formidable, pour moi comme pour Julien. « OK. Je te suis là-haut, finit-il par lâcher, mais je dois d'abord m'entraîner sur les départs de saut avec la nouvelle wingsuit. » Il nous faut également un solide entraînement physique car l'accès au Cervin est exigeant. Avec nos gros sacs sur le dos chargés de tout notre matériel, notre wingsuit et notre parachute, nous aurons plus ou moins 15 kilos à monter là-haut. Pour grimper l'arête du Hörnli, ça ne va pas être facile.

Quelque temps plus tard, je m'entraîne à l'escalade à Dorénaz, en compagnie de Claude-Alain Gailland et Hervé Grech, deux guides de haute montagne chevronnés. Claude-Alain était le meilleur ami de Seb. Ils étaient comme des frères. Je n'imagine pas faire l'ascension du Cervin sans lui. Au-delà du lien affectif qui nous unit, il connaît le rocher sur le bout des doigts. Il sait où poser les mains et les pieds. J'ai une totale confiance en lui. C'est une force de la nature. Qu'il me dise « c'est tout bon » ou « non, ça ne va pas le faire », je ne tergiverse pas. J'ai une totale confiance en lui. Hervé Grech est mon ami d'enfance et c'est un très bon grimpeur. La séance terminée, je leur annonce, un peu fanfaronne : « J'ai un projet ! Mais je ne me vois pas y aller sans vous. »

« Qu'est-ce que tu as comme idée ? », me questionne Claude-Alain. « Voler depuis le sommet du

Cervin ! » Hervé et lui sourient mais ne disent rien, attendant la suite.

J'ajoute : « Selon moi, on aurait le moyen de partir depuis le nez de la face est du Cervin, vers l'arête de Furggen. Il y a un endroit où vous êtes descendus en rappel avec Seb et où la corde est trop courte pour toucher la vire en dessous. — Exact, acquiesce Claude-Alain, c'est juste en dessous du sommet, mais de là à dire que ça saute… ? Mais c'est très raide », reconnaît-il. Il m'apprend que la corde mesure seulement 50 mètres de longueur… Cela m'inquiète. Pas d'autre solution que d'aller voir sur place pour en avoir le cœur net et donc d'organiser une ascension. « Si ça ne saute pas, il faut prendre du matériel pour redescendre et assez à boire et à manger, prévient Claude-Alain. Ça va peser dans nos sacs. Et la descente se fera dans des conditions à risque, la fatigue, la nuit en altitude, et la neige aura chauffé, multipliant les dangers. Je m'étais juré de ne jamais retourner sur cette arête aux cailloux totalement instables après y être allé avec Seb, mais pour ce projet je veux être là », finit par concéder l'ami fidèle. « À fond », renchérit Hervé. « Tu vas devoir t'entraîner un peu avant d'y aller », m'avertit, rieur, Claude-Alain.

Fin avril 2014, nous sommes prêts ! Nous n'avons plus qu'à attendre le bon créneau météo. La neige est encore bien présente là-haut. Le printemps a été si perturbé qu'aucune option ne s'est présentée à nous durant plusieurs semaines. J'en ai profité pour convaincre définitivement Julien de la faisabilité du saut. Je l'ai embarqué à bord de mon ULM pour survoler le sommet. Il a découvert de ses propres yeux que le nez du Cervin était bien plus grand que ce qu'il imaginait. Et une nouvelle fois, il a accepté de m'accompagner.

Quand on vole à près de 200 kilomètres à l'heure, chaque détail compte. Il faut tout prévoir et tout calculer. Avec Julien, nous allons sauter des sommets qui ressemblent, sur la forme et le relief, à la paroi du Cervin. L'Ardévaz ou les Ancillons, à Chamoson par exemple. L'accès est facile, l'altitude pas trop élevée, 1 600 mètres, le dénivelé d'environ 1 000 mètres. Lors de ces sorties, je m'exerce aussi à utiliser un nouvel outil, mon laser, scanneur de pentes. Avec lui, c'est tellement plus facile de savoir si on peut sauter. C'est une sorte de jumelle qui mesure la verticale jusqu'à la première vire et le degré des pentes en dessous. Aux Ancillons, il y a 120 mètres et 55 degrés. Nous allons aussi voler au Pleureur, à 3 704 mètres, pour nous acclimater aux longues marches et à l'altitude. Sur le chemin, je trouve une pierre en forme de cœur. Je pense à Seb. En montagne, il n'est jamais loin de moi. J'emporte ce porte-bonheur : je le calerai dans ma wingsuit pour le rapporter à la maison ou le déposerai à l'exit, le départ de saut dans notre jargon. Un cairn, une pyramide de cailloux, marque son point culminant. Dans la vallée, on aperçoit le barrage de Mauvoisin. Et, plus loin à l'horizon, le Cervin, majestueux, nous fait de l'œil. Quelques bouquetins nous regardent d'un air goguenard. Des aigles tournoient au-dessus de nos têtes pour nous rappeler qu'ils sont chez eux.

Le Pleureur nous donne une bonne référence visuelle. L'exit est très similaire à celui que l'on imagine au Cervin. Allongée sur le promontoire rocheux, j'effectue le fameux jeter de pierre : on compte entre cinq et six secondes avant l'impact. « On vole bien avant : c'est bon », commente Julien. Je vérifie en utilisant le laser : il indique 142 mètres et une pente à 70 degrés. Je m'exclame : « C'est royal ! »

Mon téléphone sonne. C'est ma mère. « Coucou. Je suis en montagne. Je me promène avec Julien... » Elle m'invite à une réunion familiale dans les jours qui viennent. « Je ne pourrai pas être des vôtres. Il y a un anticyclone qui s'annonce. On va profiter des bonnes conditions météo. » Puis, je raccroche sans dire un mot de l'endroit où nous nous trouvons, ni de notre prochaine sortie. « Tu n'as pas osé lui dire ? » me questionne Julien. « J'économise ma maman. Je l'aime trop ! Ça ne sert à rien qu'elle se fasse du souci. »

Quand nous ne crapahutons pas, Julien et moi étudions les cartes. Nous repérons le terrain sur Google Earth. Grâce à tout cela, nous dessinons une découpe du relief. Il semblerait qu'il y ait bien 100 mètres de verticale au point de départ. Enfin, au moyen d'un logiciel, je modélise les trajectoires de vol possibles. En tenant compte de tous ces éléments et de l'aérologie, j'établis un véritable plan de vol dans lequel je prévois une marge de 200 mètres d'altitude en plus dans mes calculs, par sécurité pour mon ouverture et mon atterrissage. Le Cervin est très raide, je peux donc vraiment tracer une ligne le long du relief sans risque car j'ai toujours la possibilité de m'en écarter. La partie technique est vraiment le départ ! Trouver un exit de 100 mètres de verticale minimum afin de pouvoir m'élancer de là-haut. J'échafaude toujours un plan B, une porte de sortie au cas où… Et je m'assure d'avoir une excellente maîtrise de mon corps dans l'air. Deux ou trois fois par semaine, dans un tube géant où une soufflerie pulse des vents à 160-200 kilomètres à l'heure, je perfectionne ma technique de vol. Je dois savoir comment utiliser l'air pour être toujours en sécurité avec mon corps. En travaillant mes appuis, je sais exactement comment bouger ma tête, mon dos et mes bras pour manœuvrer. En haute montagne, nous n'avons jamais de départs faciles, de bons appuis pour s'élancer. On n'est pas à l'abri d'un faux pas ou d'une glissade. En cas de mauvais départ, grâce au travail effectué en soufflerie, je sais garder mon calme et me repositionner dans la trajectoire optimale sans paniquer pour voler à nouveau loin du relief.

Les mois passent et les étapes de l'expédition s'affinent. Fin mai, une fenêtre météo se présente enfin. Nous prévoyons de sauter entre 11 et 13 heures, une fois que la face a bien chauffé au soleil pour bénéficier des vents thermiques. Ces vents apparaissent lorsqu'il existe un écart de température significatif. L'air chaud étant plus léger que l'air froid, il va s'élever, nous porter et nous offrir une marge supplémentaire pour un départ aussi technique. Sachant que nous aurons besoin de reprendre des forces et de trouver le bon exit au sommet, nous prévoyons quatre heures de battement sur place car les distances entre les différents points de départ peuvent nous faire perdre pas mal de temps. Il nous faut donc être au plus tard à 8 heures au sommet. Bref : dans de bonnes conditions il nous faut quatre heures depuis la cabane Hörnli.

En attendant, Yan Giezendanner, mon fidèle expert météo, me mitonne ses prévisions. Il nous faut un temps clair et un vent presque nul pour voler. Dans le courant du mois, il m'appelle. Les nouvelles ne sont pas bonnes. Je lui demande : « Pour toi, ça ne le fait pas ? » Il y a du vent et beaucoup d'humidité. Avec les rayons du soleil, ça va créer un nuage qui restera autour des reliefs. Pas grave. On va attendre. Je patiente depuis des années, alors quelques jours de plus ou de moins... On convient de se rappeler la semaine suivante. Ma force, c'est aussi de savoir renoncer si les conditions sont mauvaises. Patience et humilité sont les règles d'or. Comme pour les Drus... J'irai apprivoiser le Cervin quand il sera prêt à m'accueillir.

Début juin, Yan m'envoie un message : « Il y a une ouverture d'ici quelques jours. Une belle fenêtre se dessine sur mes modèles. » Avec le temps perturbé du printemps, il y a encore énormément de neige là-haut. Afin d'avoir des infos sur l'état de la montagne, j'appelle Sam Anthamatten, l'ami guide et freerider de Zermatt avec qui j'avais ouvert la face est du Weisshorn en snowboard durant ma traversée de la Haute Route des pentes raides. Il me fait clairement comprendre que les conditions ne sont pas faciles et qu'aucun guide de Zermatt ne monterait avec toute cette neige. Ces conditions risquent de compliquer l'ascension et surtout de nous ralentir. « Au moins, on ne sera pas embêtés par le monde là-haut », plaisante Claude-Alain. Si beaucoup d'alpinistes se décourageraient dans de telles conditions, lui, ça le motive. Plus c'est compliqué, plus ça lui plaît, à condition que tout soit mis en œuvre pour notre sécurité. C'est décidé : nous y allons !

Zermatt, vendredi 6 juin 2014 au matin, Claude-Alain, Hervé, Julien, Bertrand Delapierre, mon ami cameraman, et moi entamons notre montée jusqu'à la cabane Hörnli, un refuge d'étape, à 3 260 mètres d'altitude. Comme il est en réfection, nous ne pouvons pas y dormir. Nous camperons à côté. C'est pourquoi Raphaël Domjan, l'éco-explorateur suisse qui a réalisé le premier tour du monde à l'énergie solaire en catamaran MS PlanetSolar entre 2010 et 2012, est de la partie. Raphaël est un ami. Il monte avec les tentes, les réchauds et une partie de notre matériel pour nous éviter de la fatigue. Au pied de la face, j'observe les reliefs. Je repère le sommet, puis l'arête à gauche et les deux rochers gris, les points de départ éventuels, que j'ai étudiés sur mes cartes en 3D. « La pente semble bien déversante, se rassure Julien. Ça va le faire ! Si tout se passe bien, demain on va s'envoler du Cervin. »

Je grimpe sur un bout de l'arête avec Claude-Alain pour observer les conditions que nous allons affronter à la montée. « Il y a beaucoup de neige, en effet, rigole-t-il. Nous risquons de mettre bien plus de temps. » Nous décidons d'avancer l'heure de notre départ et nous nous endormons sereins.

Après une courte nuit, le réveil sonne à 23 heures. Le temps d'allumer les réchauds afin de se faire de l'eau et de prendre un solide petit-déjeuner et nous nous engageons dans la face. Il est minuit quand nous quittons la cabane Hörnli. Nous emportons le strict nécessaire. Raphaël va se charger de rapatrier le matériel restant dans la vallée. À la lueur de nos lampes frontales, nous avançons dans la nuit noire. Au loin, les lumières de Zermatt brillent comme des vers luisants. Claude-Alain est encordé avec moi et Bertrand. Hervé avec Julien. Nous nous enfonçons par endroits jusqu'à mi-cuisse dans la neige. C'est dans ces moments qu'on loue les heures passées à l'entraînement. Comme disait mon père : « Entraînement difficile, course facile. » Il se l'appliquait à lui-même. Pour s'entraîner à vélo, il fixait des sacoches, lestées de 20 kilos, de chaque côté de son porte-bagages. Quand il les retirait, l'exercice lui paraissait plus facile. Nous progressons en mode alpin, crampons aux pieds, piolets en main, mousquetons et baudriers pour s'assurer. Claude-Alain en première ligne. Entre les relais, je frotte mes mains pour les réchauffer. Malgré ma double paire de gants, je ne sens plus mes doigts, le syndrome de Raynaud empêche mon sang d'atteindre les extrémités. J'essaie de garder un rythme afin de réchauffer mon corps car le gel de la nuit pique la peau. C'est très désagréable. Claude-Alain veille sur moi. Le jour se lève, la montagne s'embrase. Elle est rouge carmin.

Je bois et mange régulièrement. Contrairement à ce qu'on pourrait penser, en montagne, dans le froid et l'humidité, l'hydratation est un facteur clé. Déshydraté, on perd de la lucidité et de l'endurance. La sanction tombe d'un coup, sans prévenir : on risque de se perdre et de manquer de forces pour avancer. Après cinq heures de grimpe, nous arrivons à la cabane Solvay, à 4 003 mètres, le dernier refuge avant le sommet. Il n'y a pas un nuage dans le ciel. Devant un tel spectacle, la pause chocolat et boisson chaude n'est que plus savoureuse. Puis, nous reprenons la route, dans un corps-à-corps avec les rochers, la glace et la neige. Dans un instant d'inattention, je laisse échapper mon piolet, qui dégringole dans le vide. « Pas grave ! Tu n'en auras pas besoin pour redescendre », plaisante Claude-Alain. Il sait que la descente par voie terrestre est ma hantise et que je préfère voler pour rejoindre le pied de la montagne.

J'avais commencé la wingsuit notamment parce que je déteste désescalader les sommets à pied et en rappel. J'ai peur ! Claude-Alain le sait. C'est souvent sur le chemin du retour que les accidents se produisent. Les rayons du soleil ont chauffé la montagne, la rendant plus instable. Le base jump est le meilleur moyen de m'éviter cette corvée. Et en plus, c'est bien plus beau de voler ! Certains vont se dire : « Elle est folle. C'est bien plus risqué de sauter dans le vide ! » Je l'ai si souvent entendu ! La notion de danger est relative. Je raconte souvent une anecdote à ce sujet.

Alors que je grimpe avec Mathias pour aller ouvrir un nouveau vol au Täschhorn avec mon aile dans mon sac à dos, un vieux guide arrive au bivouac en fin d'après-midi et m'interpelle : « Tu as un parapente ? » demande-t-il. « Non, c'est une wingsuit », dis-je. « Tu fais partie de ces tarés qui se jettent des montagnes : tu vas mourir », croit bon d'ajouter le donneur de leçons. Je lui réponds sèchement : « Excuse-moi, mais qui, entre toi et moi, a pris le plus de risques aujourd'hui ? Je suis montée très tôt pour traverser le glacier du Weingarten quand les ponts de neige sont encore bien durs, pour éviter de tomber dans une crevasse. J'ai patienté tout l'après-midi au bivouac pour ne pas m'aventurer sur de la neige chauffée au soleil. Demain matin, je monte au sommet aux aurores. Et si les conditions sont favorables, je vais voler et atterrir en trois minutes au fond de la vallée pour boire mon café au bar du village de Täsch. Alors que toi, tu vas devoir, après l'ascension, redescendre l'arête vers midi et franchir les glaciers dans l'après-midi avec encore une fois un sol ramolli qui peut fragiliser les ponts de neige. Sans compter le temps d'exposition aux différents dangers de la montagne. Alors, entre toi et moi, qui prend vraiment le plus de risques ? » Il est resté sans voix.

Bref, j'espère que nous pourrons sauter au sommet du Cervin mais si les conditions sont défavorables je ne défierai pas la nature.

À 7 h 15, nous atteignons les 4 150 mètres. À cette altitude, le manque d'oxygène rend l'effort plus pénible. De cet endroit, j'ai une vue directe sur le nez du Cervin. J'observe le promontoire depuis lequel j'imagine m'élancer. La verticale en dessous semble si petite. Le doute m'envahit. Je me trouve tout d'un coup ridicule d'avoir embarqué toute une équipe avec moi. Puis je reprends mes esprits et me convaincs de ne pas démotiver les troupes. Alors, je ne dis pas un mot. Nous sommes là. Les conditions sont magnifiques. Et nous sommes presque au sommet. Je respire plus difficilement. Claude-Alain le devine. « Il nous reste un petit bout à parcourir. Ensuite, il y a des cordes fixes. Ce sera plus facile », précise-t-il au moment du relais. Ces cordes fixes sont tellement épaisses que j'arrive à peine à en faire le tour avec ma main. Je me casse les avant-bras en me hissant dans ces conditions. Bientôt, nous atteignons les 4 400 mètres : 78 mètres nous séparent du point culminant. Il est 8 h 30 quand nous touchons le sommet. À 4 478 mètres, le ciel est bleu et le soleil brille. J'embrasse Claude-Alain. Je le serre dans mes bras et le remercie de m'avoir guidée jusqu'ici afin de préserver mes forces pour mon vol. Hervé et Julien nous suivent de près. Nous nous reposons près d'une heure, le temps de boire, manger, respirer et profiter du paysage. Nous devons libérer la pression de l'ascension, évacuer les émotions et nous remettre les idées en place. Nous n'avons effectué que la moitié de notre périple. Il faut rester lucide pour prendre la bonne décision : sauter ou pas ! Le panorama est si beau. Je me sens tellement à ma place. Rien que pour ça, l'ascension du Cervin valait le détour. Si je devais redescendre par voie terrestre, je n'aurais pas tout perdu.

Après ces instants de réconfort, nous commençons notre recherche et descendons en rappel dans la face est jusqu'aux points de départ repérés lors de notre préparation. Claude-Alain s'avance sur l'arête, vers l'exit numéro un, puis descend en rappel légèrement sous le sommet. Je le suis. « Sous la neige, il y a un empilement de cailloux, dit-il. C'est trop instable pour sauter de là. » Je découvre qu'en dessous, il y a comme une gorge et la pente est positive. Ce n'est clairement pas bon ! Bertrand se dirige déjà vers le deuxième point de départ pour filmer quelques images. Je sens le vent thermique qui se lève. Le temps est compté. Nous devons voler avant 13 heures. Je cherche encore un bout de chocolat dans mon sac mais je n'en ai plus… Bertrand est passé par là… c'est un vrai estomac sur pattes, celui-ci. Le départ numéro deux nécessite de descendre un peu plus bas en rappel. Je rejoins Bertrand qui vient de jeter un caillou et de compter le nombre de secondes. Il me regarde avec un sourire. « Ça a l'air plutôt pas mal ici », me dit-il. Je lui glisse : « Je l'espère grandement pour toi ! Tu as mangé tout mon chocolat ! » Je sors mon laser et le pointe sur la première vire. Il me donne 107 mètres de verticale. J'en souris de contentement. Avec la projection, c'est-à-dire si on pousse suffisamment fort sur nos pieds, on peut prendre le couloir que j'aperçois en contrebas. Et là, le laser mesure 130 mètres de verticale avec une pente à 60 degrés. Ce sont exactement les paramètres de vol que nous avons répétés maintes et maintes fois sur les sommets similaires depuis un an. Il nous faut 80 mètres minimum pour basculer de l'état de chute à celui de vol. Nous avons pris l'habitude d'évoluer au-dessus d'une pente à 55 degrés. Je lâche, rassurée : « Ça vole ! », mais j'ajoute, prudente : « Enfin, si on prend un bon départ. »

Accrochés à la paroi par les cordes et les mousquetons, Julien et moi, nous équipons en rigolant. J'enfile le pied gauche puis le droit. Je mets mon aile sur le dos et je serre le harnais et la barrette de poitrine. Je dispatche une partie de mon matériel d'alpinisme dans ma combinaison, mousquetons, baudrier, longes, crampons, gourde, téléphone, soit 10 kilos de lest, de manière qu'ils n'entravent ni mon départ ni mon vol. Pour plaisanter, je demande à Julien : « On rentre en vol jusqu'à Zermatt ? — Non ! c'est trop long », répond-il aussi sec. Je comprends entre les lignes : pas de blague, pas de surenchère. Pour le rassurer, j'ajoute : « Pour ma part, je vais profiter de voler autour de cette belle montagne, avec les conditions incroyables qu'elle nous offre. »

À 12 h 32, exactement, je m'apprête à m'élancer. Nous sommes convenus avec Julien que je sauterai la première. Je ferme consciencieusement ma combinaison jusqu'au cou. J'ajuste mon casque. J'entends les battements sourds de mon cœur. Trois, deux, un, base ! Je sens l'air qui s'engouffre dans la combinaison. Ma poussée est parfaite et mon angle de vol aussi. Je plane presque instantanément. Je vole. J'entre dans une autre dimension. Hyperconcentrée, je ne dis pas un mot. En état de vigilance accrue, je ne laisse pas mon esprit divaguer. Je suis dans l'instant présent, dans le ressenti, dans la contemplation comme en méditation. Je pique du nez pour garder de la vitesse : c'est ma sécurité. Au bruit du vent dans mes oreilles, je devine que je suis dans la bonne position. Comme un aigle, je tourne à gauche en direction de l'arête du Hörnli. Je passe à côté de la cabane Solvay. C'est magique ! J'ai le sourire aux lèvres. Je continue dans la face nord, la voie de Sébastien est juste en dessous de moi. Je refais un virage à droite pour survoler l'arête du Hörnli et plonger à nouveau dans la face est en plein soleil pour virer à gauche et passer au-dessus de Raphaël qui est resté au bivouac. Dans ma ligne de mire, au pied de la face nord, le point d'atterrissage que nous avions défini lors de la préparation. Il se rapproche. Je flare, je me cambre pour freiner mon vol pendant que ma main droite va chercher la poignée de mon extracteur. Je tire et la voile se gonfle. Je pilote mon parachute jusqu'à ma zone d'atterrissage sur un joli petit amas de neige. J'ouvre la fermeture éclair de ma combinaison pour libérer mes jambes en préparation de l'atterrissage. Je me retourne pour voir si Julien m'a suivie. Il est là ! Derrière moi. À l'instant où mes pieds touchent le sol, toute la pression retombe d'un coup. Je hurle : « On a ouvert le Cervin ! » J'entends Julien qui atterrit à son tour. Encore harnachés dans nos parachutes, nous nous sautons dans les bras. De joie, nous roulons dans la neige comme deux enfants. Je tremble de tous mes membres : un reste d'adrénaline. Chahutée par les émotions, je m'assois sur un rocher. Le chaos dissipé, je sors mon téléphone de la poche de ma wingsuit et je compose le numéro de ma mère : « Allô, maman, je viens de sauter du sommet du Cervin ! »

# 14

## Estelle

Depuis la mort de mon frère, ma mère et moi avons scellé un pacte. À cette époque, tout mon entourage familial tente de me dissuader de participer à l'Xtreme de Verbier ou de continuer mes activités considérées comme risquées. « Ton frère vient de mourir… Tu veux vraiment prendre ce risque ?… Tu ne dois pas faire souffrir ta mère… Tu imagines s'il t'arrive quelque chose… Elle ne survivra pas à la perte d'un autre enfant… » Ces réflexions, pleines de bons sentiments, me déstabilisaient. C'était la confusion dans mon esprit. Je décide de m'entretenir en tête-à-tête avec ma maman. Le souvenir de ce moment est intact : nous sommes assises l'une en face de l'autre. Comme toujours, elle m'écoute avec attention. Je lui fais part de mes interrogations. « Qu'est-ce que tu en penses, toi ? » me demande-t-elle. « J'ai toujours rêvé de faire l'Xtreme. Je ne peux pas passer à côté. Rider et voler, c'est ce qui me fait vibrer. Je ne peux pas vivre pleinement sans ces deux passions. » J'entends encore sa réaction : « Alors, tu as répondu à ta question. Je veux que tu sois heureuse. La vie peut s'arrêter du jour au lendemain. Ton frère est mort, renversé par une voiture alors qu'il ne prenait aucun risque. Fais ce que tu estimes juste. J'ai confiance en toi ! » Quelle preuve d'amour ! Douze ans plus tard, je lui annonce par téléphone que je viens de voler depuis le sommet du Cervin. Elle laisse couler des larmes de bonheur, et, en même temps, probablement de soulagement : je suis saine et sauve et ivre de joie. Cela suffit à la combler. J'ai la maman la plus formidable du monde !

Je téléphone ensuite à Estelle Balet, l'étoile montante du snowboard freeride. En 2014, elle occupe la deuxième place du championnat du monde de freeride en snowboard, le Freeride World Tour. Elle a 19 ans. Vive, elle me balance en rigolant : « Tu es folle, ma coach ! Mais je t'aime ! » Puis, je l'entends hurler comme une gamine à qui on vient d'annoncer une grande nouvelle : « Papa, maman, Géraldine a sauté le Cervin ! » J'entraîne Estelle depuis plusieurs années déjà. Elle est ma protégée. Je la considère comme ma petite sœur.

Estelle a 8 ans quand je gagne l'Xtreme de Verbier pour la première fois. Elle est fascinée par les riders qui osent tout en dévalant le Bec des Rosses. Il y a peu de femmes à tenter l'aventure. J'en fais partie et j'ai appris la montagne dans la région. Pas besoin de plus d'arguments pour s'identifier. Cette face nord de 800 mètres, avec ses pentes proches de 55 degrés et sa succession de barres rocheuses, attire la gamine qui, elle aussi, est du pays.

Estelle grandit à Vercorin, un village proche de Verbier. Le domaine skiable qui entoure ces deux stations lui donne dès l'enfance le goût des hauteurs. Son père, Éric, et sa maman, Marielle, sont des montagnards aguerris. Comme la plupart des gamins d'altitude, Estelle monte sur les skis à 3 ans. Avec ses parents, son frère et sa sœur aînés, elle assiste chaque année à l'Xtreme. À 11 ans, elle se tourne vers le snowboard. Cinq ans plus tard, elle débute la compétition. En 2009, je gagne pour la troisième fois sous ses yeux. En 2005, avec Sébastien, nous avions créé une fondation pour initier des jeunes de la région à la grimpe l'été et au freeride l'hiver. Par la suite, j'en ai pris quelques-uns sous mon aile et je les conseille sur certaines compétitions. Par conséquent, j'observe les prouesses et l'audace d'Estelle. Je détecte en elle un potentiel de fou. Au cours d'un événement du Freeride World Tour à Chamonix, les organisateurs ont l'idée de nous réunir pour exécuter quelques descentes ensemble. Je découvre alors sa personnalité : elle est intelligente, brillante même. Elle pose les bonnes questions et a déjà un touché de neige à faire pâlir plus d'un rider.

Elle a tout pour devenir une grande championne. Lorsque le magazine de Verbier me demande de participer à un article qui mettrait en lumière la relève de ma discipline, je pense immédiatement à Estelle. Pour moi, elle incarne parfaitement la génération montante. Pour les besoins du reportage, nous avons passé toute une journée en montagne de 9 heures à 17 heures non-stop et nous n'avons pas vu le temps passer. Elle a une telle énergie, une telle envie d'apprendre… Je suis séduite par cette ado pleine de vie. Souriante et déterminée, je ne peux que l'aimer. J'ai l'impression de me voir à son âge. Le soir même, Éric, son père, me téléphone : « Estelle vient de passer la plus belle journée de sa vie. Je n'ai jamais vu ma fille aussi heureuse. Elle veut suivre tes traces. Elle aimerait que tu sois sa coach. Est-ce que tu voudrais l'entraîner ? Je sais que faire du freeride c'est son rêve, mais je ne peux pas la laisser faire cela seule, j'ai besoin de sentir qu'elle est avec une personne en qui j'ai confiance. Marielle et moi serions rassurés si tu acceptais. Nous connaissons ta rigueur en matière de préparation et de sécurité. » Estelle m'a choisie, et ses parents me la confient !

Lors de ses premières années de compétition, comme elle est encore mineure, je l'accompagne sur le circuit. Je suis sa coach, sa grande sœur, sa confidente, son chaperon… Au départ, nous sommes un peu la risée du village. Notre binôme indissociable suscite quelques réflexions : « Depuis quand on a besoin d'un coach sur les compétitions en freeride ? Pour qui elles se prennent ? » À tel point que nous faisons profil bas. Je m'interdis parfois de grimper avec elle au sommet de la face pour ne pas provoquer de remarques qui pourraient la déconcentrer. Je reste au pied des pentes et l'aide, depuis le bas, par téléphone ou par radio, à analyser sa ligne. Nous sommes moquées, mais avant-gardistes en réalité. Aujourd'hui, tous les freeriders ont un coach avec eux sur les compétitions. Peu importent les railleries. Estelle gagne tout !

Durant la saison d'hiver, je ne la quitte pas ou presque, sans que cela empiète sur la préparation de mes projets personnels, comme les Drus ou le Cervin. L'été, je l'emmène en montagne. Comme je le faisais à son âge, les randonnées et l'escalade sont des entraînements de fond pour appréhender le snowboard en hiver. Elle a soif d'apprendre, elle veut être une athlète complète, pas seulement savoir tracer une ligne. Elle grimpe à mes côtés toujours le sourire aux lèvres et des blagues à tout va, nous partageons des moments incroyables au cours desquels notre complicité grandit. Au sommet, je lui dis de redescendre en courant alors que moi, souvent, j'enfile ma wingsuit pour rejoindre le fond de la vallée. Il m'arrive de la photographier, revêtue de ma combinaison, debout au bord du vide. J'envoie ensuite le cliché à des potes en leur faisant croire, pour rigoler, qu'elle va prendre son envol, mais le base jump ne la tente pas. Je l'entraîne aussi à la haute montagne, sur quelques sommets au-delà de 4 000 mètres. Nous redescendons ensuite en snowboard sur des pentes immaculées, vierges de toute trace de skieur. Je me souviens du jour où nous sommes allées rider l'Allalinhorn, à 4 027 mètres d'altitude. Estelle veut absolument chausser ses raquettes pour la randonnée d'approche. Je la préviens, gentiment mais fermement, que ce sera trop compliqué, car la neige est trop fraîche et qu'il vaut mieux qu'elle prenne, si elle ne veut pas trop s'enfoncer, une splitboard. Il s'agit d'une planche de snowboard qui peut se scinder en deux pour adopter l'apparence de deux petits skis et permettre l'ascension d'une pente en y accrochant des peaux de phoques. Le jour de notre sortie, elle arrive sans splitboard. Elle s'obstine. Je la laisse faire. Durant la montée, elle s'enfonce jusqu'aux genoux sans oser reconnaître que mon option était la bonne. J'ai eu pitié d'elle et je lui ai donné un de mes skis de splitboard. En échange, j'ai chaussé une de ses raquettes. Non seulement nous n'avions pas d'allure mais nous avons mis le double de temps. Nous avons beaucoup ri. Au sommet, je sais qu'elle a intégré la leçon. Comme toujours, dans ce genre de descente, avant de m'engager dans la pente, je teste l'adhérence du manteau neigeux. Je fais d'abord une coupe de neige puis je saute fortement avec le snowboard aux pieds. Si la couche de neige est fragile, elle se décrochera. Si elle est solide, rien ne bougera. Ensuite, nous échangeons sur les conditions météo, du vent, de la neige. Nous faisons notre check-list comme un pilote d'avion avant le décollage. Nous nous décrivons une dernière fois les lignes que nous allons emprunter car il y a des crevasses sur cette face. Je lui explique qu'elle doit bien suivre ma trace. Nous passons en revue le plan A, B, C, etc., l'échappatoire éventuelle en cas d'avalanche… Puis, nous nous équipons de nos casques, vérifions notre système de détection de victime d'avalanche que nous avons enclenché avant de commencer la montée. Je pars toujours la première et l'attends plusieurs fois sur le parcours. Cette descente est magique ! Un pur bonheur ! À l'arrivée, nous avons les yeux embués, tellement émues par la beauté de ce qui nous entoure et du moment exceptionnel que nous venons de partager.

Nous sommes sur la même longueur d'onde et je prends un immense plaisir à lui transmettre mon savoir. Je souhaite qu'elle devienne une rideuse complète, que l'escalade d'une arête ne l'effraie pas, qu'une pente à 60 degrés non plus. Je lui donne les clés pour s'imprégner des mystères de la montagne : collecter les informations sur les conditions en altitude, jauger le manteau neigeux, estimer l'effet du vent, du soleil, des températures. Je lui apprends aussi à l'écouter, à respecter les règles du monde d'en haut. Si la montagne ne veut pas de toi, alors, renonce sans retenue, malgré les longues marches d'approche ou les diagnostics favorables des guides. En cela, Estelle est une vraie montagnarde. Si, arrivée sur zone, les conditions ne lui semblent pas favorables, elle redescend sans rider et sans discuter. D'ailleurs, à ceux qui la traitent de tête brûlée, elle répond du tac au tac : « Tous les risques sont mesurés. Je tiens à la vie autant que n'importe qui d'autre. » J'ai l'impression de m'entendre.

Complices, fusionnelles, nous partageons la même passion pour notre terrain de jeu. Elle aime sa région : ramasser les champignons dans la forêt, pêcher avec son père sur les lacs d'altitude, contempler les paysages et faire des balades dans le Val d'Anniviers avec sa mère. Régulièrement, nous prenons les remontées mécaniques avant l'ouverture des pistes, très tôt le matin, avec les employés qui travaillent sur les installations. Nous nous asseyons au sommet, dans le silence et la quiétude, et nous admirons le panorama avant l'arrivée des premiers skieurs. Nous sommes en montagne et la montagne est en nous. Et cela suffit à nous combler. Drôle, solaire, heureuse de vivre chaque instant, Estelle est un vrai bonheur ! Pour moi et pour les siens.

Régulièrement, elle s'échappe à la fin de l'entraînement « pour choper le train au Châble », comme elle dit. « J'ai rendez-vous avec ma grand-mère à qui j'ai promis de jouer aux cartes. »

Dès 2012, Estelle commence la compétition sur le Freeride World Tour Juniors, puis elle grimpe les échelons sur les épreuves qualificatives du championnat du monde. Parvenue chez les Élites, elle termine deuxième du classement général, mais échoue en finale à l'Xtreme de Verbier. En 2015, l'année suivante, elle a 19 ans, et elle décroche le titre mondial sur le Freeride World Tour, mais toujours pas l'épreuve qui habite ses rêves depuis ses 8 ans. La face du Bec des Rosses lui résiste. Le jour de son sacre, elle est en pleurs et je tente de la consoler. Je la comprends tellement. Je tirais la tête moi aussi quand je manquais la première marche du podium. « Tu concilies tes études et la compétition. Ce qui n'est pas une mince affaire. Tu finis championne du monde à 19 ans, ce qui est en soi un exploit. Tu ne remportes pas l'Xtreme de Verbier… et alors ? tu ne peux pas tout avoir tout de suite. Tu y parviendras l'année prochaine. » Le soir même, la mine boudeuse, elle fêtera quand même son titre jusqu'au bout de la nuit.

Espoir désormais incontesté du freeride, à 20 ans, Estelle se retrouve à un carrefour de sa carrière. Si elle veut devenir la reine de sa discipline, c'est maintenant que cela se joue. Cela suppose des sacrifices, et notamment de renoncer à la vie « normale » des jeunes adultes de son âge. Elle est entourée d'une bande de copains qui, eux, croquent la fin de leur adolescence dans les fêtes et les sorties. Elle succombe elle aussi, parfois. Un peu trop souvent à mon goût. À son âge, j'avais un rythme de vie bien réglé, pas ou peu d'alcool, pas ou peu de veillées jusqu'au petit matin pour pouvoir être en forme en montagne à l'ouverture des pistes le lendemain. En tant que coach, j'essaie de lui donner un cadre. Je suis passée par là. Je connais la discipline et la rigueur qu'exige la compétition de haut niveau. Le talent ne suffit pas. Il faut travailler, travailler, travailler... On ne devient pas championne en dilettante. Pire, on se met en danger, si on ne prend pas le freeride au sérieux. Pour la convaincre, je suis parfois un peu trop rude à son goût dans mes propos. Je ne veux pas qu'elle laisse passer sa chance. Je suis franche. Elle ne lâche pas le morceau. Elle a la tête dure. Moi aussi. Cela occasionne quelques frictions. Elle me trouve un peu trop au taquet et aimerait que je me détende... Nous prenons un peu de distance et je cède ma place auprès d'elle à Émilien Badoux, qui a plus de rondeur. Professionnel de snowboard, vainqueur de l'Xtreme de Verbier, Émilien a obtenu le titre de champion du monde au Freeride World Tour en 2014. En plus, c'est un ami de longue date. Il m'aide à conseiller et entraîner les jeunes riders de la fondation.

Tout en suivant Estelle de loin, je me consacre à mes projets aériens. En 2015, j'ouvre en base jump plusieurs sommets emblématiques des Alpes comme le Täschhorn (4 491 mètres), le Barrhorn (3 610 mètres), les Grandes Jorasses (4 208 mètres), en effectuant la première ligne de vol au-dessus de l'Italie. J'effectue aussi le plus long vol du monde en wingsuit depuis la Jungfrau (4 158 mètres), dont 3 150 mètres de dénivelé. Les mois s'égrènent. L'année 2015 touche à sa fin. Nous fêtons Noël en famille, mon père, ma belle-mère et mes frères et sœurs, ma mère, Lucien et moi. Nous chantons, nous dansons. Mon père est particulièrement joyeux, un peu trop peut-être... Il est très avenant, prévenant, s'intéresse à nous. Il fait même preuve de tolérance et de compréhension quand il est en désaccord avec nous... ça ne lui ressemble pas ! Au lieu de me réjouir, son attitude m'inquiète. Depuis quelques mois, il souffre d'un mal que les médecins ont mis du temps à diagnostiquer. Il a un zona qui lui couvre la tête. La douleur le rend dingue. Les symptômes de sa maladie l'empêchent de vivre pleinement : ça le tourmente. L'été précédent, Philippe Rochat, l'ami d'enfance de mon père, est décédé subitement. Il a succombé à une crise cardiaque alors qu'il faisait du vélo. Mon père me l'apprend alors que je viens d'atterrir au Groenland. Cette nouvelle m'attriste énormément. Il ajoute : « C'est une belle mort. C'est cool de partir ainsi... » Il me parlait de la mort comme d'un apaisement. Ça m'avait étonnée. Début janvier, il part en vacances avec Florence. Depuis le sud de l'Espagne, il m'appelle, angoissé. Je suis au sommet du Rogneux avec un ami. Nous venons de terminer quatre heures d'ascension. Mon père se plaint d'avoir mal partout et d'avoir froid. Je tente de le rassurer : « Papa, tu t'es baigné en plein hiver. Tu as dû prendre froid. Quand tu reviens, prends rendez-vous et fais un check-up. » Le 30 janvier 2016, je rencontre des journalistes dans le cadre de mon partenariat avec Verbier. Je reçois un appel de ma sœur qui m'annonce que notre père a disparu : elle me demande de la rejoindre. La police est à la maison. Puis, c'est un ami policier qui me téléphone à son tour. « On a retrouvé ton père. Il a mis fin à ses jours. » Ma sœur le savait. Elle n'avait pas osé me le dire de peur que l'émotion altère ma concentration et provoque un accident de la route. Mon père a laissé une courte lettre pour expliquer son acte : il ne supportait pas de se voir diminué et ne voulait pas être une charge pour nous. C'est dur ! Je suis triste mais j'accepte son choix. Comment lutter contre sa volonté ? Peut-être y a-t-il quelque chose que je ne sais pas...

Nous sommes en pleine saison hivernale. Estelle entame les compétitions internationales sans moi. Après les étapes en Andorre, en Autriche, à Chamonix et en Alaska, l'épreuve de Verbier, le 2 avril 2016, clôt en beauté une année de championnat à travers le monde et désigne le numéro un mondial dans chaque discipline. En snowboard féminin, Estelle et la Franco-Suisse Anne-Flore Marxer, 32 ans, se partagent les deux premières places à tour de rôle. À l'issue de l'épreuve d'Alaska, Estelle cède la deuxième place à sa rivale. À Haines, alors qu'Anne-Flore exécute un run quasi parfait, Estelle se plante. Avant de revenir en Europe, pétrie de doute, elle m'appelle : « On peut se voir ? » À son retour à Vercorin, dans sa famille, deux semaines avant l'épreuve de Verbier, nous décidons d'aller randonner rien que toutes les deux. Avant de descendre un joli couloir, au sommet, nous nous asseyons face au Bec des Rosses, et là, nous discutons à cœur ouvert. « J'ai compris plein de choses, j'ai été nulle, reconnaît-elle. Tu me manques trop ! » Les larmes fusent de part et d'autre. Je reconnais aussi mes torts. Estelle m'a manqué à moi aussi. Elle a mûri : j'ai une vraie championne du monde, et une future championne de l'Xtreme en face de moi ! Je le sais, je le sens. Et nous arrivons enfin à communiquer. Comme ça fait du bien. Je la rebooste : si elle gagne Verbier, elle peut faire d'une pierre deux coups, passer en tête au classement général et remporter le titre mondial en même temps que le Graal : l'Xtreme de Verbier. « Tu as acquis la maturité nécessaire pour remporter l'épreuve. Tu es prête, le Bec est à toi, ma belle ! » En Alaska, elle s'est sentie fragile. Son mental l'a lâchée. Revenir à la maison lui donne une énergie folle ! Nos retrouvailles la dopent un peu plus encore. Maintenant, elle a hâte d'être au départ et se prépare sereinement. Elle mange sainement et se repose : pas de fête avant la compétition, ni trop de snowboard pour préserver ses forces. Son père, Éric Balet, dirige le domaine skiable de Verbier. Estelle a arpenté tous les recoins de la vallée à mes côtés et depuis qu'elle a chaussé ses premiers skis. Elle connaît sa ligne par cœur : nous l'avons répétée tant de fois. Elle a choisi d'effectuer la même trajectoire que j'ai empruntée lors de ma victoire en 2009. Elle la connaît sur le bout des doigts, la moindre de ses aspérités, le moindre de ses pièges et de ses dangers.

Ne pas partir du sommet, comme je le revendique, l'agace mais ne lui pose pas de problème. À mon époque, le point de départ des filles était le même que celui des hommes, au sommet du Bec des Rosses. Le départ féminin est désormais décalé sur son épaule ouest, sur le petit Bec comme on le surnomme, moins haut et bien moins engagé. Ce choix, que l'organisation avait fait à mon retour de blessure, m'avait totalement démotivée. C'est pour cette raison qu'après ma dernière victoire sur le Petit Bec, en 2009, j'ai arrêté la compétition. J'ai préféré me concentrer sur d'autres projets. Espiègle et un brin provocatrice, Estelle poste, la veille de la compétition, le 1er avril, un message sur les réseaux sociaux : « *Breaking news* : les filles vont partir du sommet du Bec des Rosses cette année ! » Panique chez les organisateurs comme chez les concurrentes ! Après quelques heures, fière de son poisson d'avril, elle dément : « On a la chance d'avoir une face moins engagée sur laquelle on peut privilégier un ride ludique. Alors autant en profiter. » Du Estelle tout craché ! Je suis heureuse de voir les progrès de ma jeune protégée. Je veux surtout qu'elle se fasse plaisir. Lorsque j'ai quitté le circuit, je trouvais que le sport n'évoluait plus, je n'avais pas vraiment de rivale depuis le départ de Ruth, mais avec la venue d'Estelle, j'ai le sentiment que les choses ont changé. Sa façon de rider a haussé le niveau. Quelle fierté !

Le 2 avril 2016, je me poste, avec Marielle et Éric, ses parents, à côté de la cabane des juges, située en face du Bec, pour avoir la meilleure vue sur les runs des participants. Les pieds dans la neige ramollie du printemps, nous scrutons le sommet, à 3 223 mètres. Certaines pentes avoisinent par endroits les 55 degrés. La face est une succession d'impasses, de couloirs et de barres rocheuses. Estelle adore ça ! La plus impressionnante, haute de 15 à 18 mètres, porte le nom du premier à avoir osé la sauter en 1997 : Gilles Voirol, un enfant du pays lui aussi, disparu cinq ans plus tard dans les Rocheuses. Sur le flanc droit de la pyramide, la ligne choisie par le Français Xavier de Le Rue. Grâce à elle, il décroche une troisième victoire sur le Bec en 2010. Entre les deux, les lignes que j'ai dessinées et qui m'ont permis d'être sacrée à trois reprises. Aujourd'hui, c'est le jour d'Estelle. Je suis encore plus tendue que si je m'élançais à sa place. Trois, deux, un : drop in ! Elle s'engage, emprunte la ligne que nous avions imaginée ensemble. Marielle et moi retenons notre souffle. Estelle saute la première barre rocheuse puis enchaîne sur la *mandatory cliff*, le saut obligatoire, avec un petit *butt-check*, une petite erreur qui ne lui coûte pas trop cher, car tout le reste est parfaitement exécuté. Encore quelques beaux virages dans la poudreuse, un saut final et elle franchit la ligne d'arrivée. Alors que les juges délibèrent, je sais qu'elle vient de gagner haut la main. Pendant que Marielle attend le résultat, je chausse mon snowboard et je file jusqu'à la porte d'arrivée. Nos regards se croisent de loin. Nous nous comprenons instantanément. La note tombe : elle remporte l'épreuve. Coup double magistral, elle garde aussi son titre de championne du monde. Estelle se jette dans mes bras. « Je t'aime, coach ! » Et nous pleurons de joie. Elle ajoute : « J'ai remporté mon premier Xtreme à 21 ans. Comme toi ! Mais c'est mon deuxième titre mondial ! Je suis meilleure que toi, coach ! » L'élève dépasse le maître. Je ris, heureuse pour elle et piquée au vif : « Tu es vraiment une salle gamine ! Moi aussi, je t'aime, ma belle ! » Nous remontons aux Gentianes rejoindre Marielle et Éric. C'est lui, en tant que directeur des remontées mécaniques de Téléverbier, qui lui remet le plus convoité des trophées. Quelle émotion !

À l'issue du Freeride World Tour, Estelle a des projets à foison. Après une année scolaire sabbatique, elle compte reprendre des études. Pour vanter les qualités de son Valais natal, elle tourne un film, *Exploring the Known*. Pas besoin d'aller en Alaska ou dans les Rocheuses pour chercher l'aventure. Elle est là, à portée de snowboard, dans sa très chère vallée, véritable trésor pour les amateurs de hors-piste. Là aussi, nous sommes sur la même longueur d'onde. Depuis quelque temps, elle a une histoire d'amour avec Léo Slemett. Skieur de talent de Chamonix, Léo lui apporte calme et sérénité. Il est aussi posé qu'elle est une pile de 100 000 volts. Elle le bouscule dans sa douce folie et le fait rire par sa répartie. Il la rassure. Mature, loyal, intelligent, Léo est un jeune homme sur qui elle peut compter. Excellent freerider, puissant et rapide, elle le suit partout sur les pentes enneigées pour progresser. « Je veux, comme toi, rider comme les mecs », m'avoue-t-elle. Leur complicité transpire. Ils sont faits l'un pour l'autre. Eux aussi ont trouvé leur âme sœur. J'ai l'impression de me revoir avec Seb, douze ans plus tôt.

Deux semaines après l'Xtreme, Estelle continue à filmer pour son projet. À travers ce film, elle promeut les descentes qui l'ont fait rêver depuis son enfance. À 21 ans, elle est double championne du monde et vient de décrocher le Graal, car elle a grandi dans ce magnifique environnement. Il a neigé. La météo s'annonce radieuse. Les conditions sont idéales et je ne résiste pas à l'idée de partager une belle journée de tournage dans la poudreuse avec ma petite sœur de cœur.

Le mardi 19 avril, à 7 heures du matin, nous décollons en hélicoptère, avec Estelle, un guide pour assurer la sécurité et l'équipe de tournage. Nous avons prévu de rider une pente près du Val Ferret, mais nous changeons d'objectif car il a trop neigé dans cette région et le guide estime que l'état du manteau neigeux n'est pas assez stable. Il préfère nous orienter vers une face plus courte mais plus sûre, près du glacier du Trient. Première étape, l'appareil atterrit face à la pente où nous projetons de dessiner nos lignes. Avec Estelle, nous repérons minutieusement notre parcours, les rochers, les difficultés, les échappatoires. L'hélico nous dépose ensuite au sommet. Avant de s'engager dans la verticale, Estelle se met à chanter. Je la connais : c'est son rituel pour évacuer le stress. Estelle a une peur bleue des avalanches. Une appréhension qui, jusqu'à présent, est la garante de sa sécurité, car elle prévoit toujours une porte de sortie en cas de coulée de neige. Nous nous équipons de nos casques et de nos GoPro. Nous vérifions le matériel de sécurité. Comme à notre habitude, je m'apprête à partir la première. Je tasse la neige, avec mon snowboard aux pieds, à l'entrée du couloir. Le manteau neigeux reste en place. Il semble solide, alors, moteur. Les caméras tournent. Je m'engage et trace ma ligne comme prévu. Je fais un énorme saut sur une barre rocheuse dès les premiers mètres. Rien ne bouge ! Tout est nickel. Arrivée au pied de mon run, je me retourne pour admirer Estelle. Au sommet, le guide vérifie une dernière fois que les conditions sont adéquates et Estelle s'élance à son tour. Elle amorce son premier virage, et soudain, à son passage, une plaque à vent se détache, glisse et l'engloutit. La coulée la projette dans un autre couloir, sans fin et vertigineux celui-là. Elle a le temps de tirer sur son airbag avant d'être emportée par un tsunami blanc sur une distance de plus de 800 mètres. Prisonnière du magma, Estelle chute dans un toboggan rocheux recouvert d'une neige de printemps dure et compacte. Puis, elle disparaît. Ces quelques minutes d'horreur durent une éternité. Le guide se fait immédiatement hélitreuiller sur la zone. Je ne peux rien voir d'où je suis. Pour moi, c'est le trou blanc. Des souvenirs me parviennent par bribes. Les secours sont déclenchés à 8 heures du matin. Vingt minutes plus tard, des sauveteurs et un médecin sont héliportés sur les lieux de l'accident. À leur arrivée, Estelle a été dégagée par les premiers arrivés sur place. Mais son corps est inerte. Le médecin tente de la réanimer sur place… en vain. J'entends : « Il aurait fallu un miracle pour qu'elle survive… La chute et la distance parcourue dans les rochers ont provoqué des traumatismes trop importants. » L'hélicoptère repart, emportant le corps d'Estelle. C'est fini ! Estelle s'est envolée.

Dans un brouillard mental, je devine qu'on évacue toute l'équipe. Comme un zombie, je monte dans l'appareil. Je suis anéantie ! La douleur est intolérable. Alors que nous nous élevons dans les airs, je pose ma main sur la poignée de la porte de la machine. Je n'ai plus qu'à la pousser et à sauter dans le vide. M'envoler moi aussi, une dernière fois et mettre un terme à cette souffrance intolérable ! Je pense à ma mère. Je me ressaisis : « Ceux qui sont assis à côté de moi dans l'hélico n'ont pas à subir mon désespoir. Je ne peux pas leur offrir la vision de ma mort ! »

À l'atterrissage, malgré ma confusion, j'appelle Éric et Léo. J'en fais un point d'honneur. Ils doivent apprendre la nouvelle par moi et par personne d'autre. C'est horrible ! Ensuite, KO debout, je me rends au poste de police comme tous les membres de l'équipe. En état de choc, je livre mon témoignage. Le drame a été filmé dans les conditions du direct. La police saisit les rushs pour mener l'enquête et établir les responsabilités. Bien plus tard, dans la journée, quand je rentre à Champsec, Julien Meyer, qui habite toujours l'un des appartements de la grange rénovée, m'entoure de son amitié. Romain et Ambroise, qui logent dans les autres appartements, ne me quittent pas non plus.

Le soir de la tragédie, c'est le départ de la Patrouille des glaciers. Une course militaire internationale ouverte aux civils, qui combine ski et alpinisme. Elle se déroule sur les crêtes depuis Zermatt jusqu'à Verbier. Seuls des montagnards endurcis peuvent y participer. Le commandant de la course, le colonel Max Contesse, demande aux concurrents de respecter une minute de silence en hommage à Estelle : « C'était une championne et la fille d'un patrouilleur. » Éric Balet devait s'élancer avec eux cette nuit-là. Son absence arrache les cœurs. Les militaires sont émus aux larmes. Avec eux, le Valais tout entier pleure son enfant prodige et maudit l'adage qui dit que seule la montagne décide qui doit vivre ou mourir.

Suis-je damnée ? Encore une fois, je vis une descente aux enfers. Je me terre chez moi et pleure à longueur de journée et de nuit sans sommeil. Je hurle ma détresse. J'implore les puissances supérieures : « À combien de drames dois-je encore assister ? Tous ceux que j'aime périssent violemment. Je n'ai plus la force de leur survivre. Venez me chercher, qu'on en finisse ! » À cet état de torpeur s'ajoute la suspicion. Les gens parlent. Les médias déblatèrent. Il y a forcément un coupable dans cette histoire. Je me repasse le film des centaines et des centaines de fois dans ma tête. Un sentiment de culpabilité m'étreint. J'appelle mon ami guide Robert Bolognesi, spécialiste de la neige et des avalanches, pour décortiquer ce qui a bien pu se produire. L'expert est tout aussi désarmé que moi. « Ce jour-là, il n'y a que là-bas qu'une plaque s'est décrochée. Nulle part ailleurs. C'est incompréhensible ! » me dit-il.

Mon salut, je le dois à Éric et Marielle Balet. La tragédie nous a rendus fusionnels. Je me souviens des mots d'Éric, poignants et salvateurs : « Géraldine, c'est le destin. Tu n'y peux rien. Personne n'y peut rien. Il n'y a rien à comprendre, m'explique-t-il d'une voix brisée par le chagrin. Ma fille laisse une trace lumineuse et solaire. Elle a vécu son rêve. Elle a réussi sa vie même si elle a été beaucoup trop courte. Elle a été heureuse ! » Quelle force ! Quelle humanité extraordinaire. Il me réconforte alors qu'il vient de perdre sa fille chérie. Sans Éric et Marielle, j'aurais sombré.

Je crois à un au-delà. La mort n'est pas une fin. Je ne peux plus ni voir ni entendre ni toucher mes chers disparus, mais je peux perpétuer le lien qui nous unit. Et c'est en montagne que je communie avec eux. Leur énergie est en moi à jamais. C'est en son sein que la vie triomphe. Je fais corps avec elle. Mes cellules fusionnent avec celles des éléments qui m'entourent, j'appartiens à un tout. Là-haut, j'oublie le monde d'en bas. Là-haut, je convoque mes doux fantômes, je suis avec eux, vivante, sublimement vivante. Et pour toutes ces raisons, il est inenvisageable de renoncer à elle.

Au fil des semaines, je reprends pied en même temps que le cours de mes projets délaissés à la suite du drame. Pour vibrer de toute mon âme, j'explore de nouvelles lignes au mont Rose, je descends en snowboard le couloir Marinelli, le plus long des Alpes. À l'été 2016, j'ouvre le premier vol en wingsuit depuis le Nordend, toujours dans le massif du mont Rose (4 634 mètres). Un des plus longs vols du monde avec ses 3 000 mètres de dénivelé sur l'Italie. Puis, je décide d'aller explorer l'ouverture d'un vol depuis le sommet de la Pierre Avoi, le premier sommet que j'ai gravi enfant.

Le départ est technique car bombé et positif sur les premiers mètres mais je m'entraîne tellement depuis la disparition d'Estelle. Je sais que je suis capable de faire un départ parfait. Afin de repérer la meilleure ligne de vol, je demande à Olivier Roduit de m'accompagner. Il connaît cette face par cœur car il y a ouvert presque toutes les voies d'escalade répertoriées sur cette paroi. Nous définissons ensemble le promontoire de départ le plus vertical puis j'attends le jour J. Il me faut du vent de nord-ouest à 15-20 kilomètres à l'heure et des thermiques pour obtenir une marge de sécurité supplémentaire. Ils vont me porter et m'aider à avoir un meilleur départ. Je sais aussi qu'à partir de 14 heures les vents sont trop violents pour atterrir dans la vallée. Après plusieurs tentatives et allers-retours, enfin cette journée s'offre à moi. Le vol est magistral. Je me sens plus légère, comme après un énorme accomplissement. Il va me falloir du temps pour remettre les pieds sur terre avant de repartir en montagne.

Depuis dix ans, je garde précieusement à mes côtés les cendres de Seb partout. Je les dissémine sur les cimes qu'il aimait. Il me reste une dernière fiole dont je ne parvenais pas à me défaire. Il est temps de déposer mon fardeau. Il aurait aimé voler avec moi depuis là-haut. Je décide de remonter au sommet de la Pierre Avoi. Paisiblement, je contemple le Grand Chavalard, qui se situe juste en face. Nous avions effectué notre première ouverture de vol en wingsuit, ensemble, depuis cette montagne. J'ouvre la fiole et répands les cendres, elles s'envolent comme un oiseau délivré de sa cage. Une forme de plénitude m'envahit. Je n'ai plus peur de demain.

# 15

# La plénitude

Il m'a fallu dix ans pour reprendre pied. Dix ans pour quitter la maison que nous avions rénovée Seb et moi. Habiter dans le cocon qui avait abrité notre amour était une manière de le garder encore un peu auprès de moi. Un réflexe humain mais, avec le recul, inutile et douloureux. Grégory, Seb, papa, Estelle et tous les autres sont tous chaque jour à mes côtés quel que soit l'endroit où je me trouve. Je pense à eux tout le temps, ils me manqueront toute ma vie. La mort m'a suffisamment enveloppée de son voile obscur. Il est temps de dissiper cette noirceur, de me tourner désormais vers la lumière et le monde des vivants. En premier lieu, et symboliquement, je dois quitter Champsec, le village de Seb, et revenir vers celui qui a donné sens à ma vie : Verbier. Grâce à l'héritage de mon père, j'achète le chalet de mes rêves, dans mon quartier préféré. Et j'emménage dans ce lieu, début 2017, pour ouvrir enfin un nouveau chapitre.

Depuis l'enfance, je souhaite devenir pilote d'avion. Longtemps, j'ai remis ce rêve à plus tard. Trop coûteux. Trop inaccessible. Voler en wingsuit est une manière détournée de piloter sans moteur et sans carlingue. Quand je vole en wingsuit, je me sens oiseau, certes, mais je reste fascinée par le joyau mécanique que représente l'avion. Dès que je le peux, comme lors de mes années à l'aéroport de Genève, j'aime côtoyer ces engins volants. C'est la raison pour laquelle, en 2011, je me retrouve à l'aérodrome de Sallanches en France après un beau vol en wingsuit de l'aiguille de Varan qui se trouve juste au-dessus. Je traîne vers les hangars pour admirer les différents appareils. Un pilote qui prépare un petit avion me propose de l'aider, puis de m'emmener pour une rotation autour du Mont-Blanc. Je suis fascinée d'abord par le spectacle magnifique qui s'offre à mes yeux et, ensuite, par la maniabilité de la machine. Je partage mon enthousiasme au pilote, qui me dit : « Pourquoi tu ne passes pas ta licence d'ULM ? » Je lui réponds aussi sec : « Parce que l'ULM ne m'intéresse pas ! Je veux être pilote d'avion ! » Il sourit : « Et tu crois que tu es dans quoi ? Tu es dans un ULM 3 axes. »

Je découvre qu'il n'y a pas que des ULM pendulaires dans la vie, chariot suspendu sous une aile delta, mais également des ULM multi-axes, comme celui-là. C'est un avion ultraléger. En descendant de la machine, je vais directement m'inscrire pour passer ma licence. Le prix de la formation est bien moins élevé que celle de pilote d'avion. C'est enfin ma chance. J'ai appris la théorie en un mois. À l'examen, je n'ai fait que trois fautes. J'ai volé tout l'été avec le pilote en question, Olivier Flahaut, pour la pratique. Et c'est parti pour une nouvelle aventure !

Grâce à cet ULM, dès les années 2011-2012, je repère mes lignes de ride en snowboard ou de vol en wingsuit. J'observe la qualité de la neige sur plusieurs jours depuis le cockpit et j'analyse si les conditions sont favorables ou pas. Grâce à cet autre point de vue sur la montagne, j'améliore mes préparations d'ouverture de saut ou de ligne de ride. Je débusque aussi de nouveaux itinéraires que l'œil nu, depuis le bas de la montagne, ne peut déceler. C'est ainsi que je constate qu'il y a un éperon avec pente verticale voire un peu déversante aux Drus. J'arrive aussi à convaincre Julien Meyer de sauter avec moi depuis le sommet du Cervin quand je l'emmène scruter la falaise depuis mon ULM. La manière de piloter ces avions ultralégers est extrêmement fine. Ils sont moins lourds que les autres, bien moins puissants aussi. Il faut faire preuve de doigté et suffisamment connaître les éléments pour monter en altitude avec si peu de puissance, s'aider des vents et des thermiques. Le feeling entre en jeu : c'est exactement ce que j'applique dans mes autres disciplines. La boucle est bouclée. Ou presque…

À partir de 2017, de nouveaux rêves occupent mon esprit.

Les pilotes d'Alaska me fascinent depuis toujours. Ils partent seuls avec leur machine, en pleine nature, à des kilomètres du reste de l'humanité, dans la neige et sur d'énormes glaciers. Ils parviennent à rejoindre des zones inaccessibles. Je m'imagine voler avec mon avion, me poser sur les glaciers, pour rider des lignes inaccessibles, installer mon camp de base, ma tente et mon matériel pour ensuite grimper… et redescendre en snowboard. Je serais comme ces aviateurs d'Alaska, au milieu de nulle part comme si j'étais à l'autre bout du monde mais chez moi dans les Alpes. Me voilà donc partie à l'assaut de la qualification « pilote de glaciers » !

J'ai déjà effectué pas mal d'atterrissages en montagne sur glaciers en ULM. La qualification avion a renforcé mon expérience.

J'effectue mon premier atterrissage en avion en solo sur le glacier du Trient, le 20 février 2017. La technique a été imaginée par Hermann Geiger, né en 1914 et mort en 1966. Ce pilote m'inspire énormément ! Brillant aviateur, ce Valaisan a pratiqué près de seize mille atterrissages en montagne, notamment pour effectuer des sauvetages.

Geiger s'inspire des oiseaux. Pour se poser, un oiseau s'approche de la montagne en prenant de la vitesse, pique d'abord du nez pour ensuite se redresser et poser ses pattes sur la paroi. Un pilote de glacier doit, en plus de cela, effectuer un virage à 180 degrés pour se positionner en vue d'un redécollage. Le tout sur des trains d'atterrissage équipés de skis.

Ce type d'appareil demande une grande précision. En cas de mauvaise approche, on ne peut pas remettre les gaz une fois que l'on a passé le point de non-retour, car on a la montagne en face de soi : on doit donc absolument atterrir ! Nous avons un point de non-retour, comme en base jump lors de ma poussée de départ qui doit être parfaite ! Il faut être très rigoureux. Dans mon cockpit, mon cerveau bascule en mode hypervigilance, comme si je descendais une pente raide en snowboard ou si je volais en wingsuit. De plus, la charge maximale de cet ULM est de 575 kilos pour une puissance d'environ 100 chevaux. Il faut compter 0,72 kilos par litre d'essence. Tout le reste, nourriture, matériel de grimpe, skis, snowboard, tente..., doit être limité au minimum. Grâce à mon diplôme de *load controller* chez Swissport, j'ai l'habitude de répartir les poids. Heureuse comme un oiseau dans l'air, non seulement je suis en terrain connu, mais j'évolue dans le domaine qui m'intéresse le plus. Je me sens en phase avec le monde qui m'entoure. Passionnée de montagne, j'aime être au milieu des éléments, rocher, neige, air. J'ai commencé en étant une snowboardeuse de freeride qui a gagné trois fois l'Xtreme de Verbier, la compétition la plus extrême au monde. En participant au Freeride World Tour, j'ai comptabilisé onze victoires internationales. En parallèle de cette carrière, je volais en wingsuit car mon but était d'évoluer en montagne toute l'année. Lier l'alpinisme au vol en wingsuit me permettait de m'entraîner l'été et d'arriver bien affûtée pour entamer les compétitions l'hiver. Les progrès techniques des wingsuits m'ont conduite à ouvrir de nouvelles voies encore jamais imaginées en base jump, dans les Alpes comme les Drus ou le Cervin, et dans le monde. Aujourd'hui, j'ai la chance d'allier toutes mes passions avec mon rêve de gosse : piloter mon avion.

Avec tous ces paramètres alignés, j'ai envie de partager ce bonheur avec des amis freeriders sur des pentes isolées et intactes en y accédant par la voie des airs. En résumé : on vole, on se pose sur un haut plateau glacier, on grimpe au sommet avec le snowboard ou les skis et on profite à fond de la descente dans la poudreuse. Retour sur le glacier, avant de regagner la vallée en avion. J'ai déjà le titre du documentaire qui retracerait ces différents voyages : *Line & Air* !

Depuis quelque temps, je croise régulièrement Simon Wandeler. Originaire de la Suisse allemande, Simon est champion d'escalade sportive et sur glace. C'est aussi un base jumpeur. Il est l'un des plus doués au monde et l'un des plus humbles aussi. Il vole pour le plaisir sans vouloir être sous les feux de la rampe. Il a une technique exceptionnelle, une perception de son corps inouïe et réalise des performances que peu sont capables d'exécuter. Nous partageons les mêmes valeurs d'honnêteté et de loyauté. Il parle plusieurs langues et aime voyager à travers la planète. En plus de toutes ces qualités, c'est un vrai gentleman, attentionné et galant. Contrairement à beaucoup d'hommes dans ce milieu, il me regarde comme une femme et non comme un pote de régiment. Sans s'en apercevoir, il me trouble. Avec Seb, j'avais eu le sentiment de trouver l'homme de ma vie. Depuis sa mort brutale, brisée en mille morceaux durant des années, je suis incapable de construire une relation amoureuse épanouie et sereine. Et après la mort d'Estelle, j'ai développé le syndrome de la survivante maudite. Je m'interdis inconsciemment de m'attacher à qui que ce soit, car tous ceux que j'aime disparaissent les uns après les autres. Et puis Simon est entré dans ma vie, avec douceur et bienveillance.

Comme nous partageons la même passion, il me propose de le rejoindre quelques jours dans les

Dolomites pour voler en wingsuit. Un premier rendez-vous avec une bande de copains base jumpeurs autour de nous. J'avoue, je suis déjà sous le charme de ce garçon. Sentiment que j'espère réciproque. Le mardi précédent, Simon m'appelle pour annuler notre escapade : « Ils annoncent du mauvais temps… Nous ne pourrons pas voler… » Déçue, je me retiens de lui répondre : « Mais j'ai juste envie d'être avec toi. Peu importe si nous ne volons pas dans les Dolomites. » Avec le recul, je pense qu'il s'est mis une pression d'enfer, ne voulant pas me faire déplacer si à la clé il n'y avait pas de jolis sauts. Me voilà donc, le vendredi suivant, à Verbier, pestant un peu contre le sort et beaucoup contre Simon, à me plonger dans les bassins de mon spa préféré avec une copine. Elle m'interroge sur ma mine renfrognée. « Il n'y a pas de spa dans les Dolomites ? » me questionne-t-elle. Elle a raison. J'aurais même fait la route juste pour un spa avec lui mais il ne me l'a pas proposé. Je rentre à la maison. Sur mon téléphone, je découvre un SMS : « À partir de lundi, il fait grand beau, écrit Simon. Si je pose un jour de congé, tu peux venir chez moi et nous pourrons voler ensemble. » Le dimanche soir, il m'accueille dans sa maison puis m'invite au restaurant, où nous analysons les sauts du lendemain. J'ai des papillons dans le ventre. Tout en lui me plaît : il est beau, intelligent, sensible et amoureux de la montagne. Je me sens en totale harmonie. De retour chez lui, la chambre d'ami m'attend. J'avoue que je n'ai pas fermé l'œil de la nuit. D'abord parce qu'il habite près d'une église dont le carillon sonne toutes les heures. Ensuite, parce que secrètement j'espérais qu'il me rejoindrait... Je l'entends se lever et préparer le petit-déjeuner. Il est hyperattentionné. Comme prévu, nous partons en montagne effectuer notre premier saut de la journée, une très belle ligne qui nous mène au bord d'un lac où nous nous baignons, avant de grimper à nouveau pour voler depuis un deuxième spot. À l'atterrissage, il déploie une couverture, sort des assiettes et des verres pour un pique-nique au champagne, au coucher du soleil. La classe ! Et même dans ce moment aussi magique que romantique, il ne tente absolument rien. Agacée, l'adepte du saut dans le vide que je suis se jette à l'eau. La vie m'a appris à ne pas laisser filer sa chance. Je ne vais quand même pas laisser s'échapper le deuxième homme de ma vie ! « Simon, tu me plais depuis des années. S'il existe un homme avec qui je me vois construire un avenir, c'est bien toi ! » Depuis, nous ne nous sommes plus quittés.

Simon et moi, c'est une évidence ! Même s'il vit en Suisse allemande et moi à Verbier, nous nous rejoignons tous les week-ends. Nous consacrons nos vacances à escalader et à voler un peu partout, en Europe et dans le monde. Le bonheur ! Enfin ! Et un bonheur n'arrive jamais seul. Un enfant n'est-il pas le prolongement de l'amour ? J'avais intégré que la vie ne m'offrirait sûrement pas le cadeau d'être maman. Mais, peu de temps après le début de notre relation, le désir d'enfant m'envahit comme un raz-de-marée. À 39 ans, la nature m'empêche de tergiverser trop longtemps. Simon réagit, pragmatique : « Si on veut fonder une famille, il faut habiter sous le même toit. » Pour moi, il est inconcevable de quitter Verbier. Responsable marketing des événements Red Bull en Suisse, Simon a un excellent job. Il gagne bien sa vie et conjugue travail et passion. Mais pour moi, pour nous, il abandonne tout et me rejoint dans mon petit nid douillet à Verbier. Une incroyable preuve d'amour !

Au printemps 2019, je confie à Simon que je ne digère plus le café. Le chocolat, mon péché mignon, me donne la nausée… Comme je n'ai arrêté la pilule que depuis quelques jours, nous mettons cela sur le dos d'une fatigue passagère. Un peu court pour tomber enceinte… Je continue donc à grimper, rider, voler en wingsuit. Je vais tracer des lignes sur Mont-Blanc, descends le couloir Gervasutti avec Léo Slemett, le couloir Barbey à l'aiguille d'Argentière avec Bertrand. Je pilote mon avion, me pose sur les glaciers, dors sur place et descends les pentes raides le lendemain. Rien d'inhabituel, mais mon corps m'envoie des signaux inédits : je suis bien plus fatiguée que d'habitude. Je décide de faire un test de grossesse lors de mon passage à Paris pour une conférence. Car si je me rends dans une pharmacie à Verbier, la nouvelle se répandra un peu trop vite à mon goût. Seule dans ma chambre d'hôtel, je découvre le résultat : positif ! Submergée par l'émotion, j'appelle ma mère : « Maman, je suis enceinte ! »

De retour à Verbier, je consulte un gynécologue qui me confirme mon état : j'entame le troisième mois de grossesse. Tracassée, je l'interroge : « Ça veut dire que je dois tout arrêter ? » Au fond de moi, malgré mon désir d'enfant, je ne suis pas prête. « Pourquoi ? » je l'entends me dire. « Si cela vous rend heureuse. Je prodigue le même conseil à toutes mes patientes : "Faites ce qui vous épanouit, ne vous frustrez surtout pas." » Si même le médecin me le prescrit ! Je vis ma grossesse comme une aventure de plus. Mon corps change et m'envoie des millions de messages. Je sens ce petit être vivant grandir en moi, en totale symbiose. J'arrête tout de suite le parapente car je ne le pratiquais pas assez pour me sentir en sécurité. En revanche, quand j'enfile ma wingsuit, je me sens à l'aise, je parle à mon bébé en posant mes mains sur mon ventre. Quand je m'élance et que je vole, je le sens bouger. J'aime croire qu'il s'amuse autant que moi, qu'il ressent les mêmes vibrations. Il n'y a rien de plus sublime que de voler avec la personne que tu aimes. Or, désormais, je le partage avec Simon et avec ce bébé qui est la fusion de nos deux êtres.

Simon ne m'interdit rien. En revanche, il m'interpelle : « Tu es sûre que pratiquer autant de sports n'entraînera pas une naissance prématurée ? Ou une malformation ? » Je le rassure : « Je ressens le bébé. Je n'ai aucun doute sur son développement. » Comme toujours, il me fait confiance. À partir du sixième mois, je ne suis manifestement plus aussi alerte, ni aussi réactive dans les airs. Je m'essouffle dans les montées. Mon corps est engoncé dans ma combinaison. C'est la limite à ne pas dépasser. En vol, il faut avoir un temps d'avance et non un temps de retard. Sinon tu es morte.

Clouée au sol, un projet bien plus terre à terre occupe mon esprit. Simon tient à se marier. Se dire oui à la mairie est pour lui la plus grande preuve d'amour. En ce qui me concerne, porter son enfant a plus de valeur à mes yeux. Mais c'est ancré dans son histoire familiale. Ses parents sont restés unis toute une vie. À mon tour de céder à son désir, mais pour des raisons plus prosaïques : s'il m'arrive malheur, je me dois de protéger Simon et notre enfant. Parler de la mort n'est pas tabou entre nous. L'un comme l'autre, nous savons qu'elle fait partie de l'existence. D'un point de vue pratique, nous souhaitons garder chacun notre nom de famille. À l'état civil, l'employé nous demande comment va s'appeler l'enfant à naître.

Dilemme. Encore une fois, Simon résout l'équation avec intelligence. « Nous habitons Verbier. Notre bébé doit porter le nom de Fasnacht. C'est évident ! Et dans ces conditions, ce sera aussi mon nom d'homme marié pour éviter toutes confusions pour voyager ou autre. »

Le 6 décembre 2019, en petit comité, nous nous disons « oui » pour le meilleur, devant les parents de Simon, son frère et sa femme, avec Lucien et maman, ma belle-mère et mes frères et sœurs. Bien évidemment, j'ai une pensée pour Seb. Comme à un ange gardien. M'unir à Simon exprime une telle vérité. C'est légitime et juste. Tout est en ordre. Un seul détail me bouleverse : la naissance du bébé est prévue le 30 décembre, le jour anniversaire de la mort de Seb. Une date synonyme de nostalgie et de spleen. C'est inconcevable ! Je ne sais pas si l'univers a exaucé ma prière, toujours est-il qu'Odin naît le 27 décembre 2019. Nous sommes rentrés le 30 à la maison, en famille. Cette date, l'une des pires de mon existence, se transforme en l'événement le plus beau.

Odin est un personnage de la mythologie scandinave. Il est le dieu des dieux et est associé à la guérison, la sagesse, la mort, mais aussi la victoire, le savoir et la poésie. Au décès de mon frère, une partie de moi s'est délitée. À celui de Seb, c'est comme si j'avais été coupée en deux. À la disparition d'Estelle, on m'a arraché un bout de mes entrailles. Il n'y a rien de plus banal pour une mère que de clamer à la naissance de son enfant : « C'est le plus beau jour de ma vie ! » Bien que je sois abonnée aux émotions fortes, celle-ci, intense et intime, emporte toutes les autres sur son passage. J'ai été brisée en mille morceaux par les drames à répétition et la venue de mon fils a comme restauré les membres amputés. Donner la vie m'a rendu ma plénitude. Je suis entière et vivante, superbement vivante. Son existence comble ma quête perpétuelle de vibrations sous adrénaline.

Un mois après sa naissance, je suis épanouie et heureuse de prendre soin de mon nouveau-né. Ce 27 janvier, la cabine du mont Gelé ouvre. Simon le sait, et il connaît mon appétit de pentes vierges du matin en début d'hiver. Il est 7 h 30 et il me dit : « Va t'habiller sinon tu vas rater la première benne. Ça fait trois jours que tu en parles. » Je n'arrive pas à quitter Odin qui vient de se rendormir dans mes bras. Mais Simon insiste. Alors, je m'habille, presque à contrecœur, lambine, contrariée de me séparer de mon bébé. Simon me met littéralement à la porte de notre chalet. Encore une fois, il est dans le vrai. Dans la cabine, l'enthousiasme me gagne. La joie d'être là me submerge. Je chausse mon snowboard au sommet. J'effectue mon premier virage et je pleure de bonheur.

# 16

# Et maintenant…

Mon nouveau compagnon d'aventure s'appelle Roméo. Tout nu, il pèse 300 kilos – de vis, d'écrou et de métal. J'y tiens comme à la prunelle de mes yeux. J'ai craqué : je suis désormais propriétaire d'un ULM 3 axes. Son prix équivaut à celui d'une voiture : c'est dans mon budget. Léger, je peux le manipuler seule sur la neige si nécessaire. Réglé comme une voiture de course, il possède un moteur turbo. C'est avec lui que je compte bien aller explorer de nouvelles lignes en montagne. Mais, pour cela, j'ai besoin de m'entraîner.

Je vole depuis plusieurs années autour de chez moi. Depuis quelque temps, je rêve de rider l'Aletschhorn à 4 194 mètres d'altitude, une immense pente raide de glace de 1 000 mètres de long, très rarement dans de bonnes conditions pour la skier. Je m'imagine y dessiner des lignes splendides entre les séracs. L'accès n'est pas si facile : il faut déjà se poser là-haut avec l'avion chargé de tout le matériel pour installer le camp de base. Ensuite, on a besoin de bonnes conditions pour atterrir le jour même et redécoller le lendemain. Je m'y rends avec Émilien Badoux. Je pose Roméo au pied de la face. Nous montons la tente et dormons sur le glacier pour grimper de nuit et rider au petit matin. Nous filmons notre descente. La neige est parfaite. La vidéo est fabuleuse ! Projetée dans plusieurs festivals, elle recevra le prix de la meilleure ligne de l'année, décerné par Montagne en scène.

Après cette ligne de rêve, je voulais rider une face tout aussi belle autour du glacier du Trient, sur l'aiguille d'Argentière. Il y a une ligne en pente raide sur la face est, le couloir Barbey, que j'ai déjà ridée deux fois en partant de tout en bas à pied. Grâce à Roméo, toute cette approche devient une partie de plaisir car je vais la survoler. Bertrand Delapierre, mon ami et cameraman de talent, m'accompagne pour tourner les images. Comme pour tous mes projets, je prépare minutieusement l'expédition. Deux jours avant, je survole la zone. J'analyse la ligne et les différentes possibilités pour mon atterrissage afin d'y passer la nuit, j'observe l'état de la neige. Si les conditions sont favorables, j'établis mon plan de vol, définis ma zone d'atterrissage, évalue la charge à emporter. L'avion doit être le plus léger possible pour bénéficier des vents thermiques pour s'élever dans les airs, atterrir et redécoller en toute sécurité. Ensuite, le jour J, j'applique le schéma prédéterminé. Chargement, décollage dans l'après-midi. Nous sommes au printemps. Il y a des nuages d'humidité qui collent au glacier. J'arrive à me frayer un chemin entre les nuages et je pose Roméo sous la fenêtre de Saleinaz. Je creuse la neige autour de ses skis pour le positionner bien à plat afin que l'essence ne sorte pas de ses ailes. Ensuite, Bertrand et moi montons la tente pour passer la nuit. Nous admirons les couleurs du coucher de soleil. Pour moi, dormir au milieu de nulle part, c'est comme séjourner dans un hôtel « mille étoiles ». Le lendemain, lever à 5 h 30. Le soleil caresse les crêtes de ses rayons et le ciel s'enflamme. C'est de toute beauté. Nous glissons jusqu'au pied de l'aiguille d'Argentière depuis le col de Saleinaz. Puis, avec nos skis équipés de peaux de phoque, nous montons en direction du Barbey. Une fois au pied de la face, nous enfilons les crampons et commençons l'ascension piolet à la main et snowboard sur le dos. Au sommet, la texture de la neige est bonne et il n'y a pas trop de vent. Je range tout dans mon sac à dos, sauf mon piolet que je garde dans une main, précaution nécessaire lorsqu'on pratique la pente raide. Bertrand se met en place et me donne le go. La neige est parfaite. Je crois que je n'ai jamais ridé le Barbey dans d'aussi belles conditions.

Depuis le pied de la face, nous remontons jusqu'au col de Saleinaz pour retrouver l'avion. Je me sens très fatiguée, je n'arrive pas à avancer... Je mets presque trente minutes de plus que Bertrand... Je ne comprends pas ce qui m'arrive ! Je ne le savais pas encore, mais j'étais déjà enceinte d'Odin. Selon la législation, à partir du sixième mois de grossesse, une femme pilote d'avion n'a plus le droit de voler... loi sûrement écrite par un homme... En revanche, s'il s'agit d'un ULM, cette règle n'existe pas. Par conséquent, j'ai continué à voler avec mon ULM jusqu'à huit mois de grossesse. J'ai recommencé à peine quelques semaines après l'arrivée d'Odin.

Pour ma première ligne en tant que maman et la troisième de mon projet Line & Air, je propose à Léo Slemett de m'accompagner. Un an après la disparition d'Estelle, Léo a décroché le titre de champion du monde de ski freeride et a fini troisième en 2019. Nous sommes restés proches. C'est un amoureux de la montagne et un skieur hors norme. Nous choisissons le glacier du Brenay. Au-dessus se trouve une très jolie pente raide. Léo est un terrien. Avant de partir, il m'interroge : « Elle est fiable, ta machine ? On a des parachutes au cas où ? » Je lui explique comment un ULM fonctionne et comment opérer en cas de pépin : « Il est bien muni d'un parachute. Lorsque le pilote est au-dessus d'une gorge, par exemple, sans zone d'atterrissage, il peut le déclencher pour se poser à la verticale. Mieux vaut qu'on ne soit pas obligés de l'utiliser ! » Il insiste, un peu inquiet : « Et nous ? Nous n'avons pas de parachute ? » Je réponds en souriant : « Non. Pas nous ! » Cette fois-ci l'expédition a lieu sur une journée. Décollage, atterrissage, pique-nique au pied de la face. Au menu, sandwichs, thé et chocolat. « On est au paradis », reconnaît Léo, bien content d'être en contact avec le sol. La montée comme la descente sont une partie de plaisir. Léo le reconnaît : « L'utilisation de l'ULM offre des possibilités uniques et ouvre de nouvelles perspectives. C'est une nouvelle manière d'appréhender la montagne. Et pour ne rien gâcher, nous sommes partis ce matin, nous avons volé, grimpé et skié et nous serons de retour pour le goûter. »

Depuis l'arrivée d'Odin, je ne ressens plus le besoin de monter de grandes expéditions ni d'ouvrir de nouvelles voies. Cela exige d'effectuer des repérages des journées entières ou de partir loin de chez nous plusieurs semaines. Aujourd'hui, j'ai bien mieux à faire : profiter de mon fils, partager ma passion pour la nature avec lui. Aller le déposer à l'école et le récupérer. Skier avec lui ou lui raconter des histoires. Je ne m'éloigne pas d'Odin plus de trois jours d'affilée. J'organise mon emploi du temps en fonction de lui. C'est nécessaire à mon équilibre et au sien. Avec Roméo, je boucle une expédition en vingt-quatre heures lorsqu'il s'agit de rider des petites lignes. Pour de plus grandes faces, je pars la veille et suis de retour le lendemain après-midi. C'est l'idéal !

Chacune de ces étapes m'encourage à entreprendre le tournage de mon documentaire *Line & Air*. L'un de mes sponsors, The North Face, semble intéressé par le projet. J'organise avec mon team manager un joli vol en montagne avec plusieurs atterrissages et décollages. Une balade de routine pour moi. Un voyage que j'espère éblouissant pour le responsable de la marque. Nous décollons de l'aéroport de Sion pour atteindre graduellement les 3 000 à 4 000 mètres d'altitude. J'avais signalé au vendeur de mon moteur qu'au-delà de 10 000 pieds, la pression d'huile chutait parfois, provoquant des loupés dans le moteur. Je connais plusieurs personnes qui, comme moi, avaient alerté sur ce problème. Bref, après plus de deux heures de vol et un pique-nique face au Cervin, nous redécollons du glacier et nous approchons du Cervin pour prendre quelques photos. Les instruments de bord me signalent des chutes de la pression d'huile à plusieurs reprises. J'explique au team manager que, par prudence, je vais me poser sur le glacier du Théodule pour examiner le moteur. Comme la pression chute à nouveau, je décide de couper le moteur afin qu'il ne prenne pas feu. Soudain, le tuyau d'huile explose. Le liquide noirâtre se répand sur le pare-brise. Je n'y vois plus rien. Pour garder une visibilité sur le relief et atterrir, je dois regarder par la fenêtre latérale. Sans même lui jeter un regard, je dis à mon passager : « Je vais atterrir sans moteur. Pas de panique. Je me suis entraînée à la manœuvre des dizaines de fois pour décrocher ma licence... » Certes, on répète ce genre de situation au cours de la formation, mais pas en regardant par le hublot latéral. Instinctivement, je me mets en mode survie. Plus rien n'existe que la montagne, Roméo et moi. J'adopte l'angle de vol avec la meilleure finesse possible pour arriver jusqu'au glacier dans de telles conditions. Je pique du nez pour prendre de la vitesse, afin de pouvoir faire mon arrondi tout en douceur sur la neige. Nickel, on est posés ! Je me tourne enfin vers le team manager et lui ordonne : « Sors vite car le moteur peut s'enflammer ! »

Il obéit et me demande pourquoi je reste dans l'appareil... Je suis figée. Je n'arrive pas à bouger mes jambes, je tremble, j'ai froid, j'ai envie de vomir. Je suis en état de choc. J'ai tout donné, je suis vidée. Il m'aide à évacuer l'appareil. Une fois dehors, je déclenche les secours pour nous rapatrier. Roméo semble hors de danger, mais incapable de redécoller. Sans attendre, je demande à un ami pilote d'hélicoptère s'il veut bien récupérer mon avion en l'accrochant sous son appareil. De retour à la maison, j'annonce à Simon : « J'arrête de voler ! » Je suis maman. S'exposer au danger à cause d'un moteur défaillant, ce n'est pas envisageable. Sous le choc, je ne parviens pas à dormir les nuits suivantes. Mes muscles, tétanisés, ne répondent plus. Mon appétit a pris la poudre d'escampette. Et pour couronner le tout, le team manager de The North Face cherche à me joindre. Après avoir préparé quelques arguments pour ma défense, je l'appelle. « Après ce que j'ai vécu et ce que tu as réalisé, il faut absolument réaliser ce projet Line & Air ! » m'annonce-t-il. Reste à rendre Roméo infaillible. Je ne peux plus faire confiance à son moteur défectueux. Grâce à mes amis Giustino, José et Mathieu Cange, de ICP France, un mécanicien extraordinaire, nous avons démonté et changé le moteur. C'est Mathieu qui a tout paramétré. Je connais maintenant toutes les pièces de mon avion par cœur. Mathieu et Giustino sont consciencieux. Ils me redonnent confiance, en moi et en la machine, en volant en copilotes les premiers temps.

Après des mois de réadaptation, le projet Line & Air peut commencer. Il réunit la Française Marion Haerty, la Suisso-Canadienne Christina Lusti, Roméo et moi. Marion est quadruple championne du monde de snowboard freeride. Christina est une experte de la pente raide et guide de haute montagne, après avoir participé aux jeux Olympiques de Turin pour l'équipe canadienne de ski alpin. Avec Marion, nous commençons autour du Petit Combin et du Kanderfirn sur lequel Geiger a été le premier aviateur à oser se poser en 1952. Marion doute. Le niveau d'engagement lui paraît trop exigeant. Selon elle, à force d'affronter le danger en permanence, on s'expose à normaliser le risque. Et c'est alors qu'on met sa vie en danger. Moi, au contraire, je crois que plus on passe du temps en montagne, plus on est à même de comprendre les messages qu'elle nous envoie. Chacun a ses limites. Celles de Marion s'arrêtent là. En montagne c'est important de partager tes doutes. Si tu te mens à toi-même, tu mets ta vie et celles de tes compagnons en péril. C'est ainsi que Christina Lusti m'accompagne sur la suite du projet. Christina est très affûtée. C'est à mon tour de me hisser à son niveau et de sortir de ma zone de confort. Le temps est sec. Les précipitations rares. En attendant que les flocons tombent, je lui fais découvrir mon terrain de jeu autour de Verbier. Nous marchons, grimpons, skions. Nous nous acclimatons à l'altitude en passant une nuit au-dessus de Zermatt avec toute l'équipe de tournage. Après plusieurs jours, il neige suffisamment pour que les conditions sur la face sud du Mönch soient optimales. C'est là que nous allons boucler le projet Line & Air. « J'ai pris autant de plaisir à voler au-dessus des Alpes, à grimper les couloirs qu'à dessiner ma ligne dans la poudreuse de pente raide », conclut Christina à l'issue de nos aventures. Par ces mots, elle résume toute ma pensée.

Je ne vais pas en montagne pour flirter avec la mort mais pour me sentir intensément vivante. Je ne la défie pas. Je l'écoute, j'attends qu'elle m'accepte pour me fondre en elle. Comme garde-fou, chaque fois que j'accomplis un exploit, je prends un temps de transition. Je retourne voir ma famille, mes amis d'enfance. Je rénove des maisons, je donne des conférences pour de grandes entreprises. Tout cela me préserve de naviguer dans un monde parallèle, et m'évite, comme Icare, de me brûler les ailes. Depuis l'adolescence, j'ai toujours travaillé pour assouvir mes passions. Nous avons bâti avec Sébastien une maison de nos mains. J'évolue dans le monde réel même si voler paraît surnaturel. Aujourd'hui, mon fils me ramène les pieds sur terre. Je me remplis des petits bonheurs simples du quotidien qui, mis bout à bout, en font des grands.

« La pomme ne tombe jamais loin de l'arbre », comme on dit en Suisse. Odin, Simon et moi avons la chance de vivre au paradis, à Verbier. En tant qu'aventurière professionnelle, j'organise mon emploi du temps comme je l'entends pour transmettre au mieux, à mon fils, ma passion de la montagne. Le lundi, à l'école, il lui arrive de raconter son week-end sans malice : « J'ai volé avec Roméo et pique-niqué sur le glacier du Trient à 3 000 mètres d'altitude. » Il goûte à l'extraordinaire depuis toujours. Odin est monté pour la première fois dans mon ULM à l'âge de 6 mois pour quelques tours de piste. Il a effectué son premier vol de Sion à Lausanne en restant à basse altitude. À 1 an et demi, il m'accompagne quand je m'entraîne aux atterrissages sur les glaciers, effectuant bien sagement sa sieste sur le siège passager. À 3 ans, je lui apprends à identifier les différentes pièces de l'avion et lui explique à quoi elles servent. Quand je le laisse à sa nounou ou à l'école, il me demande toujours : « Tu vas où maman ? » Et je lui réponds : « Skier, voler, piloter. » Ça fait partie de sa normalité. Tout naturellement, à 4 ans, il m'annonce : « Maman, je veux voler comme un oiseau ! » Je veux en savoir plus : « Ah oui ? C'est-à-dire ? » Il répond aussi sec : « En wingsuit, maman ! » Je lui explique, comme je le martèle auprès de tous les novices : « OK, mais pour ça il va falloir d'abord t'entraîner à voler en soufflerie. Ensuite, tu pourras peut-être sauter d'un avion avec un parachute. Puis, tu devras retourner en soufflerie t'exercer en wingsuit avant de sauter depuis un avion. Et enfin, tu pourras peut-être t'envoler depuis une montagne comme papa et maman. Mais, comme je viens de te l'expliquer, ça prendra du temps. » Drôles de parents. Inconscients et irresponsables. Je devance les critiques. Depuis la naissance de notre fils, Simon et moi, nous évitons de monter à bord de Roméo ensemble ou séparément à bord d'un avion de ligne. S'il nous arrive de faire du freeride ensemble, ce qui est rare, nous attendons que l'un ait fini sa descente et soit en sécurité, pour que l'autre s'élance. Si les conditions sont trop tendues, nous n'y allons pas. En ce qui concerne le base jump, nous sommes aussi méticuleux l'un que l'autre. La probabilité que nos parachutes ne s'ouvrent pas au même moment, où qu'un incident se produisent sur nous deux lors du même saut, est presque nulle. Ou alors il faudrait que le destin s'acharne.

Odin a chaussé ses premiers skis et son snowboard quand il a su marcher. À l'été 2023, nous sommes partis, mère et fils, en vadrouille à travers l'Europe avec Roméo. J'ai choisi d'effectuer des étapes courtes d'une heure trente maximum. Départ de Sion pour rallier Lucerne où habite son grand-père, le père de Simon. Puis direction Saint-Gall pour faire du bateau et du wakesurf sur le lac de Constance avec notre amie Alex. Après une escale à Venise, nous nous sommes rendus à Parme, à Massa en Toscane, à Albenga dans le golfe de Gênes, et pour finir à Saint-Tropez sur la Côte d'Azur. Odin s'émerveille de tout. À l'été 2024, il a essayé le parapente pour la première fois. À 2 ans, devant le tube de la soufflerie, il pleurait pour entrer voler avec moi. J'aime sa curiosité et je veux lui donner toutes les cartes pour qu'il puisse jouer sa partition comme il l'entend. On verra où la vie le mène. Je lui fais confiance, comme ma mère l'a toujours fait avec moi.

Quand je me retourne sur la petite fille que j'étais et le chemin parcouru, je constate qu'elle n'a pas bridé son imaginaire. Au contraire, elle a ouvert le champ des possibles. Comme Édith Piaf, je ne regrette rien : « Ni le mal qu'on m'a fait, ni le bien... » J'ai probablement perdu trop vite mon innocence, basculant de l'adolescence à l'âge adulte à la mort de mon frère Grégory. Les disparitions de Seb puis d'Estelle m'ont arraché une partie de moi. Ils me manqueront toute ma vie, mais j'ai appris à composer avec l'absence. Je suis chanceuse d'avoir pu partager l'existence d'êtres exceptionnels. Ils m'ont donné la force de ne pas sombrer dans le chagrin et la douleur mais de me tourner vers la vie. Ces deuils et les résiliences qui en découlent ont fait la femme que je suis aujourd'hui. Simon m'a apporté cette touche de douceur qui manquait à mon équilibre. La vie est un magnifique cadeau. Il faut savourer le présent tel que l'univers nous l'offre et renoncer à changer ce qui n'est pas en notre pouvoir. Et ça, c'est la montagne qui me l'a appris !

Ce qui me ravit le plus aujourd'hui, c'est d'entendre Odin me demander tous les matins au réveil : « Maman, on va où aujourd'hui ? » Preuve que chaque jour est une nouvelle aventure.

# Remerciements

À ma maman et ma famille, à mon mari et mon fils Odin – piliers de mon existence.

À Seb, Estelle et toutes celles et tous ceux partis trop vite qui m'ont offert la chance de partager des moments d'exception.

À Karina Hollekim, Sébastien Collomb-Gros, Julien Meyer et Xavier Rosset ; je ne peux pas citer tout le monde car vous êtes nombreux à avoir croisé mon chemin et laissé une empreinte, qu'elle soit discrète ou profonde.

À tous mes amis d'enfance, d'apprentissage, de montagne, de freeride et de vol.

À mes partenaires, pour leur confiance même dans mes rêves les plus ambitieux.

À Florence Saugues pour son amitié et son talent pour retranscrire mes émotions et sentiments dans ce livre.

À la nature, mon terrain de jeu, mon refuge, ma source d'inspiration infinie pour dessiner mes lignes sur la neige et dans les airs.

Enfin, à toutes celles et ceux qui, de près ou de loin, ont partagé un bout de cette aventure et qui continue dans une nouvelle dimension avec Odin.

# Table

NORD COMPO
multimédia

Composition et mise en pages
Nord Compo à Villeneuve-d'Ascq

Imprimé en France par CPI
en avril 2025

Dépôt légal : mai 2025
N° d'édition : 438371-0
N° d'impression : 183720